诺贝尔文学奖得主
莫言剧作

The Spirit of Rooster

M O   Y A N

图书在版编目(CIP)数据

锦衣/莫言著.—杭州：浙江文艺出版社,2024.6(2024.6重印)
ISBN 978-7-5339-7549-4

Ⅰ.①锦… Ⅱ.①莫… Ⅲ.①戏曲文学-剧本-中国-当代 Ⅳ.①I230

中国国家版本馆CIP数据核字(2024)第059369号

策划统筹 曹元勇
责任编辑 苏牧晴
营销编辑 耿德加　胡凤凡
责任印制 吴春娟　睢静静
封面设计 人马艺术设计·储平
插页设计 吴瑕

锦衣

莫　言　著

出版发行	浙江文艺出版社
地　址	杭州市环城北路177号
邮　编	310003
电　话	0571-85176953(总编办)
	0571-85152727(市场部)
印　刷	上海盛通时代印刷有限公司
开　本	850毫米×1120毫米　1/32
字　数	90千字
印　张	6.375
插　页	4
版　次	2024年6月第1版
印　次	2024年6月第2次印刷
书　号	ISBN 978-7-5339-7549-4
定　价	56.00元(精装)

版权所有　侵权必究

作者书法

鳄鱼虞姬鹤本仍六龇髯不以
飞梦里神仙鹜晚磊醺巾
精性那专晖沙滩静卧装枯木
暗送私通又秘密三再药祷求妙
谛 醍醐灌顶授玄樑
癸卯腊月十六日 真言

题《锦衣》

鳄鱼读罢看锦衣,水下翻腾天上飞。
梦里神仙惊艳丽,丑中精怪显奇晖。
沙滩静卧装枯木,暗道私通入秘闱。
三拜莎翁求妙谛,醍醐灌顶授玄机。

癸卯腊月十六日　莫言

目　录

锦　衣

剧中人物 / 003

剧情背景 / 007

序　幕 / 009

第一场　桥头卖莲 / 011

第二场　姑侄联手 / 021

第三场　盐铺诈银 / 037

第四场　一仆二主 / 055

第五场　洞房伴鸡 / 068

第六场　坟前再诈 / 072

第七场　母悲妻盼 / 079

第八场　挑盐路上 / 088
第九场　星官归来 / 104
第十场　锦衣闪烁 / 111
第十一场　撞墙救鸡 / 115
第十二场　两情缱绻 / 130
第十三场　公审奇案 / 141
第十四场　聚歼群丑 / 150
尾　声 / 154

附　录
门外谈戏 / 159

锦 衣

剧 中 人 物

季星官——留日学生,同盟会会员,在剧中扮演公鸡幻化之人季京。

宋春莲——本是多情善感之柔弱女子,但苦难临头后,能挺起腰杆,与命运抗争。敢做敢当,视死如归。追求自由幸福,但不愿为人利用作工具。

王　婆——旧日乡村中以保媒拉纤为职业者。巧舌如簧,贪图小利,好坑蒙拐骗,虽是小恶,但亦能害人终生。此类人物多半也是受害者;受害者转变为害人者,促成这转变的是腐败的社会环境。

王　豹——王媒婆的娘家侄儿,在县衙当差,是知县的心腹、知县儿子的爪牙。世上很多坏事,是在这种小人物手中完成的。这种人熟悉官场规则，了解民间情况，见人说人话，见鬼说鬼话，满腹机巧，八面玲珑，见利忘义；能见风使舵，随机应变，即便是改朝换代，也能混得红红火火。昏庸官员实则是他们的傀儡。

季王氏——顺发盐铺掌柜，季星官之母。这是个小买卖人，明白事理，怕官贪利；疼儿恨媳，是旧时代的一个标准的婆婆样板。她很不慈善，但也不是坏人。

庄有德——高密知县，昏庸贪官。他不是正途的科举出身，是花钱捐来的官。这种"捐官"，被进士出身的官员鄙视，但他们往往不按常规出牌，敢想敢干，在晚清的腐败官场，反而如鱼得水。尽管他们这种官员对大清朝腹诽甚多，但毕竟也是旧制度下的既得利益者，所以在镇压革命、维护满清统治这一重大问题上，立场是鲜明的，态度是坚决的。

庄雄才——知县公子，在父亲的帮助下窃取县盐业局局长、洋枪队队长之职。虽是纨绔子弟，但情感丰富，贪恋女色，略有文才，好吟歪诗。

秦兴邦——留日学生，同盟会会员。

刘　四——二流子，王豹的瓜蔓亲戚。

挑担男——善良人民的代表。

抱婴女——善良人民的代表。

宋老三——春莲的父亲，大烟鬼。

糖球小贩——小贩。

卖炉包的——小贩。

朝天锅主——小贩。

公鸡——演员扮演。

鹰——演员扮演。

狗——演员扮演。

庄雄才跟班（混混、喽啰）若干人。

男女村民若干人。

革命党若干人。

剧 情 背 景

时代背景：清朝末年,大批山东青年去日本留学。他们接受了现代文明熏陶,受到孙中山革命思想影响,痛恨满清腐败落后之现状,深忧列强瓜分中国之前景,于是或受组织派遣,或自由组合成小组,潜回家乡,刺杀官吏,攻打城市。一时间,革命烽烟四起,易旗呼声高涨。清政府对此深感忧虑,密令各级官员,严加防范,一旦发现潜入故乡、图谋造反的留学生,可先斩后奏。

故事发生地：高密东北乡。

故事原型：革命党举义攻打县城的历史传奇与公鸡变人的鬼怪故事融合在一起,成为亦真亦幻之警世文本。

序　幕

〔雄鸡报晓，天高气爽，金秋时光。远山如黛，高粱似火。

〔在低沉浩荡犹如大河奔流的音乐声中，京胡独奏，宛如明亮的浪花溅起，轻灵生动，不绝如缕。

幕后合唱　一朵芙蓉头上戴，
　　　　　　锦衣不用剪刀裁。
　　　　　　果然是个英雄汉，
　　　　　　一唱千门万户开。

第一场　桥头卖莲

〔通往县城的小石桥边,一个小型的集市。

〔卖糖球葫芦的小贩喊叫:糖球——葫芦——

〔卖炉包的小贩喊叫:韭菜炉包——新出炉——

〔朝天锅前,小贩喊叫:热火朝天——牛杂汤——

〔宋老三手牵一根绳子,绳子拴着女儿春莲的腰。春莲的头上插着一棵狗尾巴草。

宋老三　(低沉、苍凉地)卖人——黄花闺女——
春　莲　(挣扎着欲往前跑,被宋老三扯住)爹,你让我死了吧……

糖球小贩 我说宋老三,这样的黄花闺女,到城里胭脂巷,有多少卖多少,保证能卖个好价钱。

宋老三 高邻,少管闲事。

卖炉包的 宋老三,我看你是大闺女要饭——死心眼儿。这样的闺女,不就是一棵摇钱树吗?还用插着草儿卖呀?

宋老三 高邻,嘴上积德吧。

朝天锅主 是啊,这年头,什么事没有啊?大家各人自扫门前雪吧。喂,宋老三,我看你鼻涕一把泪两行的,大烟瘾犯了吧?要不喝碗牛杂汤?我这汤里,煮了几个大烟葫芦儿,没准还能缓缓你的瘾劲儿。

宋老三 多谢高邻,咱家自己熬着。

朝天锅主 能熬就是英雄汉哪!

春　莲 爹,求求您让我回家吧……

宋老三 闺女啊,不是爹忍心卖你,是你娘托梦让我来卖你。

春　莲 爹,你分明要将女儿卖了换大烟,还说我娘托梦给你……

宋老三 女儿啊!

（唱）

不要错将爹埋怨,

今天是你的好姻缘。

你娘托梦告诉我,

让我卖你到桥边。

等待贵人将你买,

从此后你吃穿不愁福连绵。

春　莲（唱）

老爹爹休要将女儿骗,

你嘴里全是假语和谎言。

我娘让你活气死,

田地家产被你糟蹋完。

现如今你又狠心将我卖,

为的是换来银钱抽大烟。

你前脚拿了银子走,

后头我就去寻短见。

爹爹呀,你好生保重吧……

宋老三 （唱）

听女儿一席话愁肠寸断，

宋老三我不是全无心肝。

我本是小康户家境殷实，

染上了大烟瘾一切玩完。

昨夜晚亡妻托梦给我，

忍讥讽冒耻辱来把梦圆。

但愿这个梦能够实现，

女儿享福我也能把光来沾。

［革命党人秦兴邦和季星官化装成夫妇，骑驴来到桥头。

秦兴邦 （唱）

革命军掀浪潮风起云涌，

季星官 （唱）

巧化装潜回乡策划暴动。

秦兴邦 （唱）

大清朝即将要土崩瓦解，

季星官 （唱）

一把火烧起来照亮全城。

秦兴邦 娘子——

季星官 （低声）谁是你的娘子！（对秦兴邦）唉,夫君有何吩咐?

秦兴邦 娘子,过了这小桥,往前走三里路,就是县城东门了。

季星官 想那伯韬同志已经在城中骠马巷为我们准备好了秘密住处,我们应该喝几杯高密白干,解解这奔波的劳乏。

秦兴邦 清政府困兽犹斗,县城内鹰犬甚多,我们要汲取以往的教训,加倍小心,不敢有丝毫的麻痹大意。

季星官 夫君放心,这一次,我们一定要成功,我们一定能成功。

秦兴邦 娘子小心慎言,前面就是集市了。

季星官 夫君,我闻到炉包的香味了,这可是故乡的味道啊。

秦兴邦 娘子,赶路要紧。

〔卖炉包的卖糖球的卖牛杂朝天锅的,见有客来,热情地吆喝着。

宋老三 （苍凉地）卖人——黄花闺女——

季星官 （唱）

听老汉一声喊万箭穿心，

光天化日下大卖活人。

秦兴邦 （唱）

大清国早已是病入膏肓，

可怜我人民积弱积贫。

季星官 （唱）

恨不得将义旗立刻举起，

砸烂这旧世界再造乾坤。

宋老三 卖人——黄花闺女——

春　莲 爹……我不想活了……

季星官 （唱）

我看她星眸樱唇天生丽质，

俨然是仙女蒙难降落凡尘。

欲下驴上前去将她来问——

秦兴邦 娘子，天近正午，我们快快赶路吧。

季星官 （唱）

又听得兴邦兄催促频频。

宋老三　卖人——

春　莲　爹爹……

秦兴邦　（唱）

星官兄多情郎感情用事，

我必须严防他因此分心。

季星官　（唱）

我见她柳眉蹙珠泪点点，

不由得心中生出怜悯。

草标插头千痛万恨，

我应该出手救她免遭沉沦。

秦兴邦　娘子，天色不早，我们要快快进城，免得亲人牵挂。

季星官　（唱）

虽说是革命的重任在身，

实在是放不下这俏美的佳人。

下驴来急向前开口动问，

（白）

你这老人，这女子可是你亲生的女儿？

宋老三　是我亲生的女儿。

第一场　桥头卖莲　017

季星官 （唱）

　　　　常言道虎毒不食亲生子，

　　　　插草卖女是何原因？

宋老三 （对秦兴邦）客官，你们走你们的路，我卖我的女儿，咱们是井水不犯河水。

秦兴邦 娘子，快快上驴，天色真的不早了，你可记得我们的约会？

季星官 你这老人，需要多少银子？

秦兴邦 （旁唱）

　　　　革命经费不能动用分文。

宋老三 （打量着季星官）看你这打扮像个女子，可听你的声嗓，又像个男人，难道你要买我的女儿？

秦兴邦 （旁唱）

　　　　破绽露出不由我焦急万分。

季星官 （对春莲）这位小姐，你可愿意跟我走？

秦兴邦 （严厉地）娘子，你过分了，快快随我进城！

宋老三 我家女儿，一不给人做小，二不给人做婢，请你们不要纠缠。

季星官 小姐，你可愿……

秦兴邦 我家娘子性好戏谑,出言无状,还望老爹和小姐鉴谅!娘子,你再不走,为夫真的生气了!

　　［秦兴邦将季星官推上驴背,匆匆赶驴离开。

　　［季星官不时回头张望。

季星官（唱）

　　我与她一见如故仿佛旧交,

　　好像是前世种下的根苗。

秦兴邦（唱）

　　劝季兄切莫忘领袖教导,

　　革命事大,情感事小。

　　等到那胜利旗帜城头飘扬,

　　再回这石桥头将她来找。

季星官（唱）

　　怕只怕到那时花儿凋零,

　　如此的遗憾终生难消。

　　罢罢罢,且放下烦恼事先去革命,

　　要学那汉家名将霍嫖姚。

春　莲（唱）

　　这一男一女行止蹊跷,

　　　　似乎是读书人出城逍遥。
　　　　那男的似大哥稳重沉着，
　　　　那女的似小弟言语轻佻。
　　　　这样的好夫妻天下难找，
　　　　可怜我宋春莲头插草标。
宋老三　卖人——黄花闺女——
春　莲　（哭泣）我的命好苦哇……

第二场　姑侄联手

［前景。

［王婆穿过膝偏襟大褂、扎腿灯笼裤,脸贴膏药,手提大烟锅,一路小跑上。

王　婆　（数板）

奴家我本姓王,

丈夫季二狂。

膝下无儿女,

越活越凄凉。

（白）

想俺王贵香,当年也是那大户人家的黄花闺女,从小是吃香的,喝辣的,穿绸的,披缎的。那算命的瞎子说俺有娘娘之福、诰命之相,谁知道,却嫁了个好吃懒做的二流子!嘻!都是被李大嘴那个老媒婆子给害了!

(数板)

这正是,男怕入错行,

女怕嫁错郎,

这水灵灵的鲜花哟,

就怕插在牛粪上。

(唱)

俺也曾,苦口婆心将他劝,

却好比,怀抱着琵琶对牛弹。

说轻了,他哼哼哈哈不理睬,

说重了,他瞪着牛眼抡老拳。

俺也曾,扬言跳井寻短见,

他却说,你前头跳下去,

我后边往下扔磨盘。

俺也曾,喝下假药吓唬他,

他捏着俺的鼻子,屎汤子灌进两大碗。

(白)

嘻,都是那死媒婆子李大嘴骗了俺,事到如

今,俺也只好认命了。常言道,好死不如赖活着,既然舍不得这条命,就要想法去挣钱。

(唱)

纺线俺头晕,

织布胳膊酸。

下地干活俺怕晒,

赶集卖菜俺怕寒。

多亏了生来嘴巴巧,

保媒拉纤赚银钱。

(白)

这正是,在哪里跌倒的,就在哪儿爬起来。

[王婆风风火火跑圆场,与匆忙上场的县府衙役头儿王豹相撞。

王　婆　哎哟,你不长眼啊,撞死老娘啦!

王　豹　(正待发作,发现是姑姑)哎,这不是老姑吗!您这是急猫蹿火的干啥去呢?

王　婆　哟,这不是俺那位在县衙门当官的大侄子吗!

王　豹　瞧您说的!老姑啊,咱们老王家的祖坟没埋在好地方,你侄子我虽有满肚子文章,一身的武艺,也只能跟着太爷少爷吃碗跑腿的饭。

王　婆　大侄子哟,您谦虚啦!谁不知道您是太爷的心腹、少爷的亲信,咱这高密县的事儿,明面上看是太爷少爷主着,实际上是大侄子您说了算。

王　豹　老姑,您说的吧,其实也是大实话。盛世主差奴,乱世奴欺主。我挖个坑,他们爷儿俩争着往下跳呢。

王　婆　有您这样在官府里当差的侄子,老姑我腰杆子硬得像旗杆!

王　豹　老姑,说正经的,您这风风火火的是要干什么去?

王　婆　大侄子哎,按说这是老姑的商业机密,但大侄子不是外人,对你说说也无妨。——老姑我昨夜灵机一动,想去顺发盐铺保个媒。

王　豹　(警觉地)顺发盐铺老掌柜刚死,他那在日本留学的儿子回来奔丧了?

王　婆　老掌柜刚死了半个月,他那儿子远在东洋,隔着茫茫的大海,哪能这么快就回来? 我是想,老头儿刚死,老太太一人孤单,趁着这机会,给她娶个儿媳妇回来做伴儿。

王　豹　老姑,您这脑袋瓜子可真是够活泛的。顺发盐铺是咱东北乡里最大的买卖,白花花的银子,装满了好几个大缸。老姑,您这媒保成了,老太太一高兴,还不得赏您十两八两的。

王　婆　大侄子哎,您可不知道这老太太有多抠门。您知道她那老头儿是怎么死的?——是被她生生给饿死的!

王　豹　老姑真会逗乐子。

王　婆　是啊,老姑要不这么乐呵,早就死去活来好几次了。——别说我了,您这龙龙虎虎的,要往哪儿去?

王　豹　(悄声)老姑,打死您也猜不到老侄儿要到哪里去。

王　婆　难道您也要到——?

王　豹　老姑,还真被您说着了。(低声)县太爷掌握了秘密情报,说这季王氏的儿子季星官在日本参加了孙中山的革命党。他爹死了,他必定回来奔丧,所以啊,太爷让我前来探探风声。他要是回来了,我就——

王　婆　大侄子哎,咱娘俩奔的是一条道儿。恭喜大侄子要发财了。

王　豹　侄子穷命,哪里去发财?

王　婆　老太太的儿子是革命党,您是县衙里的捕快,这不铁定了要发财吗?

王　豹　老姑,这是国家大事,您可不能乱说。

王　婆　大侄子,老姑明白。不过,老姑把丑话说到前头,你当探子,老姑保媒,咱井水不犯河水,你可不能坏老姑的事儿。

王　豹　老姑放心,侄子明白,没准哪,侄子还能帮老姑成就这事儿。

王　婆　这才是老姑的亲侄子。

王　豹　老姑,走着?

王　婆　走着!

　　〔二人匆匆下。

　　〔秦兴邦上。他身穿长袍,头戴一顶瓜皮小帽,肩膀上背着一个包袱,一副生意人打扮。

秦兴邦　(唱)

越重洋返故乡不畏艰难,

举义旗杀狗官重任在肩。

星官兄设巧计瞒天过海,

但愿得大功告成天遂人愿。

　　〔王婆、王豹上。

秦兴邦　大哥大嫂借光了。

王　婆　哎,骂人哪?(指王豹)这是我娘家亲侄子,我是他亲姑姑。

秦兴邦　(抱拳作揖)恕小人眼拙,得罪了。

　　〔王豹警觉地打量着秦兴邦。

王　豹　我说这位先生,您风尘仆仆,外县口音,您到俺这穷乡僻壤,一定有重要的公干。

秦兴邦　谈不上什么公干,小人是烟台人,受朋友之托,来高密东北乡找一家顺发盐铺。

王　婆　嘿,这真是巧了。

秦兴邦　请问大婶……

王　婆　立马就给我长了一辈。我说大侄子哎,你到顺发盐铺去干什么?

秦兴邦　说来话长。

王　豹　敢问先生尊姓大名?

秦兴邦 鄙姓秦,名兴邦。

王　婆 我问你去那盐铺干什么?

秦兴邦 (唱)

贵乡的扑灰年画美名远扬,

东北三省有市场,

兴邦原本是贩画的客,

进货结账常来往。

王　婆 画子客,奸似鬼。

王　豹 这么说你是俺高密的常客了。

秦兴邦 (唱)

小本生意利钱薄,

每年总要来三五回。

王　婆 (唱)

高密趸货一千文,

贩到东北十两银。

秦兴邦 大婶夸张了,如果有这么大的利润,那全中国的人都来贩画了。

王　豹 (唱)

看您辫子粗又长,

　　　　看您两眼放蓝光，
　　　　看您唇红齿不黄，
　　　　看您手指细又长，
　　　　哪里像个画子客？
　　　　分明是个读书郎。

秦兴邦　（唱）
　　　　兴邦确是画子客，
　　　　批发零售都在行。

王　婆　你这人，的确也不像个画子客。别嫌俺侄子眼尖，他们当衙役的，都是鹰眼狗鼻了。

王　豹　老姑，你少说几句吧。我说那秦什么邦，既然俺老姑点明了俺的身份，俺也就不捂着盖着了。俺是高密县衙里的捕快，身上担着捕匪捉盗、擒拿奸党的重任，所以啊，你就把那些偷梁换柱、弄奸耍鬼的小把戏儿，找块儿尿布，裹巴裹巴放起来吧！（往前一步，一把拽下了秦兴邦的假辫子）说！你是什么人？要到哪里去？

秦兴邦　（惊慌地）大爷，小人黔驴小技，瞒不过您的火眼金睛。

王　豹　说吧,到底叫什么名字?哪里人氏?

秦兴邦　小人确实叫秦兴邦,烟台玉皇山人氏。

王　豹　(摇动着手中的假辫子)是从日本潜回来的革命党吧?

秦兴邦　小的前年被人骗到日本留学,原想学点本事,回来混个一官半职……

王　豹　没想到一到那儿就参加了革命党?

秦兴邦　小的没参加革命党。

王　豹　这辫子是怎么回事?

秦兴邦　这辫子是被革命党强剪了去的。小的原想等头发长长了就回来,没想到刚一长长,又被他们剪了去。小的回乡心切,只好买了根假辫子戴上。

王　豹　你到顺发盐铺干什么?那季星官是不是也潜回来了?

秦兴邦　说来话长。

王　婆　你不会长话短说?

秦兴邦　(唱)

　　我与那季星官投缘对脾,

在船上结成了异姓兄弟。

王　豹　他参加了革命党？

秦兴邦　（唱）

我们是大清朝的忠顺子民，

在日本也发誓要效忠皇帝。

王　婆　日本国也有皇帝？

秦兴邦　（唱）

只可恨革命党不讲道理，

强按脖子剪去俺头上辫子。

原本想买假辫结伴回国，

星官兄染急症一命归西。

王　豹　死了？

秦兴邦　死了。

王　婆　我这还要给他去说媳妇呢！这不断了我的财路了吗！

秦兴邦　（唱）

忍悲痛将季兄烧化成灰，

背骨殖回故里落叶归根。

［秦兴邦将肩上的包袱卸下来，捧给王豹。

王　婆　我还以为你背着一大包银子呢,没想到背着一盒子骨灰! 呸! 真是晦气!

王　豹　(从腰间抽出一根铁链子,往秦兴邦脖子上一搭)编得还挺圆乎儿,走吧,跟我去县衙见太爷去。

秦兴邦　(作揖)大爷,咱们远日无仇,近日无怨,您高抬贵手,放了我吧。

王　豹　我放了你? 我放了你容易,可太爷明儿问我:王豹,让你捉的革命党呢? 我说:被我高抬贵手给放了。太爷会怎么着? 赏我二两银子,还是赏我两耳刮子?

秦兴邦　大哥,我真的不是革命党,我爷爷是大清朝的举人,我父亲是大清朝的秀才,我家世受大清厚恩,我怎么能去当革命党呢?

王　婆　还是书香门第呢! 娶亲了吗? 要不要老姑给你说个媳妇?

王　豹　我不管你是书香门第还是庄户人家,我一大早出来,茶没喝一碗,饭没吃一口,这会儿饿得前胸贴着后背,渴得嗓子眼儿里往外冒烟。我还跟你废话什么? (一拖铁链)走,跟我见太爷去。

秦兴邦　（摸出一块银子,递给王豹）大爷,前边不远就有一个茶馆,大爷去喝杯茶吧。

王　婆　我说大侄子,你可不敢徇私枉法,你要犯了法,株连九族,老姑我也要跟着你遭殃!

秦兴邦　（又摸出一块银子递给王婆）老姑,您也喝杯茶去。

王　婆　嘿,这孩子,真是懂事儿。

王　豹　那个秦什么邦,按说呢,你这么懂事儿,大爷我是该把你放了,但万一你是革命党,回去造炸弹,搞暴动,搞成了还好,搞不成,被官府擒住,大刑一上,任你铁打的汉子也得秃噜了。你一秃噜,不把我私放你的事也秃噜出来了吗?

秦兴邦　我真不是革命党。

王　豹　（晃晃手中的辫子）革命党脸上又没贴个记号。

秦兴邦　（摘下怀表送给王豹）大爷高抬贵手。

　　　　［王豹欣赏着怀表。

王　婆　大侄子哎,老姑给你提个醒儿,私放革命党满门抄斩啊!

秦兴邦　（摘下脖子上一个银锁）老姑,这是小侄的护身符,送给您表表小侄的孝心。

王　豹　按说呢,我得把你浑身上下这么细细地搜上两遍,可你到底也算个读书人,这点面子我还是给你留着吧。

秦兴邦　多谢大爷宽谅。

王　豹　算我倒霉,算你运气,要是你今天碰上我那些伙计,怎么着也得把你这件袍子剥下来。

秦兴邦　(脱下袍子,递给王豹)只要大爷不嫌脏……

王　豹　(接过袍子,把假辫子扔给秦兴邦)只要把辫子戴上,倒也不像革命党。

秦兴邦　小的家中还有八十岁的老母。

王　婆　孝子出忠臣。

王　豹　走得远远的!

秦兴邦　小的将季兄的骨灰送到顺发盐铺,立即打道回乡。

王　豹　把那季星官的骨灰交给我吧,大爷我代劳了。怎么,还信不过我?

秦兴邦　多谢大爷,小的求之不得。

王　豹　那就麻溜儿地走吧,别在这儿磨蹭了。大爷这会儿心软放了你,待会儿大爷要是心硬起来……

［秦兴邦将包袱交给王豹,深揖,匆匆下。

［王豹欣赏着怀表,王婆欣赏着脖锁。

王　婆　我说大侄子,咱娘俩今儿个,是运气好呢,还是运气不好?

王　豹　您说呢?

王　婆　说咱运气好吧,可这季星官一死,老姑给他说媒的事就吹了,你去监视那老太太的事也黄了。可要说咱运气不好,咱娘儿俩都捞了点外快……我看这件袍子,你穿着文不文武不武的也不像一回事儿,不如送给你那老姑夫穿了吧。

王　豹　老姑,你这叫贪心不足蛇吞象。若没有老侄儿我火眼金睛,识破了他的假辫子,然后一唬二吓,三哄四诈,他能连脖子上的护身符都摘下来给你?

王　婆　好好好,老姑不跟你小孩子一般见识,咱们就在这儿别过吧,你回你的衙,我回我的家。

王　豹　别走啊,老姑,戏还没演完呢。

王　婆　人都死了,还有什么戏呀?

王　豹　(拍拍包袱)谁说人死了?

王　婆　没死?!

王　豹　活得好好的呢！还等着他回家娶媳妇呢！

王　婆　大侄子哎,你说我哥与我嫂子怎么能做出你这么块儿货来?

王　豹　老姑,你这是骂我呢,还是夸我呢?

王　婆　我夸还夸不够呢,怎么舍得骂你!

王　豹　有你这么夸人的吗?

王　婆　(数板)

听说还有戏,

心中好欢喜,

夸我哥与嫂,

做出个龟儿子。

王　豹　管他什么龟儿子鳖儿子,只要能弄到金子银子,就是好儿子。老姑,到了顺发盐铺,看我的眼色行事。

王　婆　咱娘俩一唱一和。

王　豹　把假戏演成真戏。

王　婆　走着?

王　豹　走着!

第三场　盐铺诈银

〔布景显示出顺发盐铺的前堂后院东西两厢。

〔在合适的位置上悬挂着盐铺的招牌。舞台一侧立着半人高的柜台,柜台上摆着几个坛坛罐罐和几杆秤。柜台后放着两口盛盐的大缸。舞台正中摆着一个巨大的舂盐用的石臼。

〔一只大公鸡(人装扮)在舞台上踱来踱去。

〔季王氏手持木杵,艰难地舂着盐。

〔一个四十多岁、流里流气的买盐人刘四手提着筻子上。

刘　四　掌柜的,称斤盐。

[季王氏放下木杵，捶着腰走到柜台后，称盐。

刘　四　伙计呢？

季王氏　走了！

刘　四　丈夫死了，伙计走了，这么大个盐铺子，可真够你忙的了。

季王氏　是够我忙的了。（将称好的盐倒入篓子）

刘　四　你可给我够秤！

季王氏　（将秤甩到柜台上）自己称！

刘　四　（搭讪）我说掌柜的……

季王氏　有话就说。

刘　四　您才四十出头，虽说不是青春年少，但也正是年富力强，您一个人，不闷得慌？

季王氏　不闷！

刘　四　守着这么大的家业，又是土匪，又是盗贼，您一个人，不吓得慌？

季王氏　不怕！

刘　四　挑盐哪，舂盐哪，可都是力气活儿，你一个妇道人家，不累得慌？

季王氏　不累。还有什么臭屁，就一总儿放出来吧！

刘　四　（提起筻子欲走）没了。

季王氏　慢走！

刘　四　又怎么了？

季王氏　盐钱！

刘　四　我没给吗？

季王氏　五十文！

刘　四　我说掌柜的，崔家集顺昌盐铺，每斤只卖三十文，你怎么敢卖五十文呢？

季王氏　到顺昌盐铺买去。

刘　四　我这不是急着回去煮肉嘛。

季王氏　你也配吃肉？！

刘　四　有钱人吃肉，没钱的人也要吃肉。

季王氏　到草地上去捉几个蚂蚱烧烧吃吧，省下肉钱，也省下盐钱！

刘　四　今儿个这钱可不能省，我那二姨太太的爹今天来看闺女，我要好生招待呢！

季王氏　哎哟，娶上二姨太太啦，恭喜，六十文！

刘　四　怎么又涨了？（掏出几个铜钱扔在柜台上）掌柜的，你哄抬盐价，我要到衙门里告你去！我那小舅子在县衙门里当差,跟太爷少爷一个碗里喝酒,一个锅里吃肉,只要他小嘴一歪,就够你喝一壶的!

季王氏 （唤鸡）铁爪鸡,铁爪鸡,啄瞎这个贼子的眼!

［铁爪鸡尖啼着冲上来,追啄刘四,刘四捂着脑袋跑下。

季王氏 （手扶着春盐木杵）

气死老身也!

（唱）

季王氏扶木杵怒火万丈,

二流子竟也敢欺负老娘。

幸亏了铁爪鸡本领高强,

将狂徒赶出了我家店堂。

想丈夫在世时我嫌他愚笨,

他死后我才知失了依傍。

（哭）我那狠心的丈夫啊……

（唱）

半月前即托人寄信东洋,

催促我星官儿快回故乡。

(白)

儿啊,你鬼迷心窍,好好的日子不过,偏要去东洋留学。想那日本蕞尔小国,有什么好学的呀,还是快快回转家乡,接手盐铺,娶个媳妇,让老娘过几天舒心日子吧!你爹这一死,好多奸贼都来打为娘的主意,为娘我稍有不慎,就要中了他们的奸计。儿子啊,为娘我要——

(唱)

挺直腰,壮大胆,

长精神,不怠慢,

睡觉也要睁只眼,

斗恶贼,渡难关,

等我儿子把家还。

〔王婆、王豹鬼鬼祟祟上。

王　婆　(低声)我说大侄子,进了店可得机灵点儿。

王　豹　老姑,您就把心放到肚里去吧。您侄儿我什么场面没经过?

王　婆　(进门)大婶子哎——

季王氏　你是……

王　婆　大婶子,您可真是贵人好忘事啊!我是季家庄季二狂屋里的。论辈分,您是我们家没出五服的婶子呢!

季王氏　老身眼拙,记不起来了。

王　婆　我先说着,您慢慢记。

（唱）

叫声大婶子,

请您听仔细,

俺是季家庄,

您侄屋里的。

男大要成亲,

女大要婚配,

您侄媳妇我,

是个说媒的。

季王氏　哦,原来是媒婆子。

〔公鸡围着王豹转圈,王豹跟着转圈。公鸡猛啄王豹,王豹身手敏捷躲过,飞起一脚踢向公鸡。

季王氏　你是何人,竟敢踢我家的神鸡!

王　婆　婶子哎,忘了介绍我这个在县衙门当差的亲侄子了。我当家的是您侄子,他就是您的孙子了。

王　豹　(作揖,摆架,打官腔)老夫人,在下高密县衙快班班头,知县大老爷长随,知县公子、候补知县庄雄才贴身护卫王豹这厢有礼了!

季王氏　原来是衙门里的差爷,老身有眼不识泰山,怠慢了!

　　［公鸡啄王豹。

王　豹　老太太,管住你的鸡!我要出手伤了它,大家面子上都不好看。

季王氏　神鸡不得无礼,退到一边去吧。你们二位,光临小店,有何贵干?

王　婆　婶子哎,您是个痛快人,您侄媳我也是这样的性格,不会绕弯子,喜欢直来直去。

季王氏　有话直说吧。

王　婆　婶子哎,我就打开天窗说亮话啦。您男当家的——我那短命的、没福的叔叔,撇下这万贯家财和婶子您这个水灵灵的人儿,就这么走了,侄媳妇都替您犯愁。

季王氏 我要舂盐去了,没事就请走吧。

王　婆 看看,婶子您这娇贵的身子,哪能干这样的粗活儿?俺媳回头让您那虽不成器但一身力气的侄子来帮您干活吧。

季王氏 老身不敢。

王　婆 婶子,有道是少年夫妻老来伴,俺那叔叔他狠心走了,我帮婶子您找个老伴吧!

季王氏 (恼怒)呸!你这该死的媒婆!我丈夫尸骨未寒,我儿子正从东洋日夜兼程赶回,你竟敢来说这逆天悖德的昏话,真真气煞我也!(唤鸡)神鸡快来,啄这臭嘴的贱人!

　　[公鸡追啄王婆,王豹出手救护。

　　[季王氏喝住公鸡。

季王氏 贱人!

　　(唱)

　　快快离开我家门,

　　不要欺负俺未亡人。

王　婆 婶子哎!

　　(唱)

　　俺媳说话无分寸,

婶子不要太当真。

王　豹　（唱）

这个老太脾气大，

养了个公鸡似凶神。

王　婆　（唱）

星官兄弟在日本，

一年半载回不来。

婶子一人太辛苦，

地痞流氓齐登门。

（白）

侄媳帮您寻摸了一个知书达理、相貌俊俏、脾气温顺、干活麻利的好女子。

（唱）

只要婶子点个头，

侄媳立马去下聘。

吉祥日子三六九，

吹吹打打抬进门。

忙时帮您把活干，

闲时陪您聊天散散心。

　　　　　等俺星官兄弟一回来,

　　　　　立刻圆房成大婚。

季王氏　谢谢您一片好心,婚姻大事,还是等星官回来自己做主吧!

王　豹　老太太,这就是您的不对了。这婚姻大事,从来就是"父母之命,媒妁之言",哪有自己做主的?

季王氏　我那儿子留学东洋,是新派人士,这婚姻大事嘛,还是等他回来再说吧。

王　婆　大婶子哎,您可别肥猪碰门当成狗挠的,俺这两只大脚跑遍了三个县,见过的姑娘千千万,谁都比不上宋春莲。只要把她娶回家,俺那星官兄弟一见,保证打心窝里往外喜欢。

季王氏　你的好意,老身心领了,但这儿女婚姻大事,老身不能做主。这天也不早了,老身也累了……

王　豹　您这是轰我们走啊。

季王氏　二位请便吧!

王　婆　婶子,您可不能犯糊涂,过了这个村,前边可就没有店了!

季王氏　任你把鸡嘴说成扁的,把鸭嘴说成圆的,老身也不敢答应。

王　婆　(对王豹)这老太太,真是石头蛋子腌咸菜——一盐(言)不进啊!

王　豹　(旁白)我还真不信这个邪了,老太太,看我怎么收拾你。

王　婆　我的傻侄子,既然老太太轰咱走,咱也别在这儿讨没趣儿。怎么着,咱走?

王　豹　老姑,我也想走,可公务还没办呢!

王　婆　那你就麻溜着点儿办。

王　豹　季王氏!

季王氏　老身在。

王　豹　哎,我说您别一口一个"老身"啦,四十啷当岁,年轻着呢。

季王氏　民妇知道了。

王　豹　县太爷的夫人跟你岁数相仿,刚生了一个大胖小子。

季王氏　恭喜太爷,恭喜夫人。

王　豹　知道我为什么到你这盐铺里来吗?

季王氏　民妇不知。

王　豹　看在我老姑的分上,我也不跟你拐弯抹角了。

季王氏　差爷请讲。

王　豹　别人叫我差爷那是应当的,您嘛,就不用这么客气了——谁让咱们沾亲带故呢!

季王氏　多谢差爷!

王　豹　按说这是国家机密,不该对你泄露,但既然是要紧的亲戚,我就——你们知道了,可不敢出去张扬。

季王氏　民妇不敢。

王　婆　大侄子,你就快点说吧,你不知老姑是个急性子?!

王　豹　(唱)

叫一声盐铺掌柜季王氏,

你竖起耳朵听仔细。

我与少爷是磕头结拜的把兄弟,

县太爷把我当成亲儿子。

王　婆　比对他亲儿还亲呢。

王　豹　(唱)

今晨太爷对我讲,

朝廷密电到高密。

山东籍留日学生要闹事，

领头的季星官，

是您季王氏的独生子。

季王氏 我儿一向本分老实，不会领头闹事，一定是弄错了呀！

王　豹（唱）

你儿参加了革命党，

上蹿下跳很积极。

他别的本事没学会，

制造炸弹数第一。

（白）

密电说了，你儿子领着一伙革命党，准备潜回家乡造反！

季王氏 我儿是读书人，不会造反。

王　婆 造反的都是识字解文的。

王　豹（唱）

太爷暗中授机宜，

让俺前来探消息。

> 只要你儿子回了家,
>
> 立刻锁到县衙里。
>
> 三堂会审定了罪,
>
> 千刀万剐剁成泥。

季王氏 天哪,这可怎么办哪!(对王豹施礼)官差,快帮民妇想个法子哟!(对王婆作揖)我那贤惠的侄媳妇,您也帮老婶想个主意……

　　〔王豹、王婆相视偷笑。

王　豹 老太太哎,你儿子是朝廷的钦犯,在皇太后那儿都是挂了号的,真要把罪名坐实了,没准儿连我们这些瓜蔓子亲戚都要跟着遭殃!

王　婆 我这还上赶着跟您套近乎呢,得了吧,我还是趁早跑了吧。

季王氏 (祈求地)官差老爷,贤惠的侄媳妇,老身这厢有礼了。(欲跪)

王　豹 (上前拉住季王氏)老太太,您把话说到这个份上了,咱家也不是铁石心肠。俗话说得好,"人情大于王法",你儿子的事,可以大,也可以小,就看我在太爷面前怎么报告了。

季王氏 （作揖连连）官差老爷,俗谚说,"公门里面好修行",您就救救我儿,积德行善吧。

王　豹 我回去就对太爷说,经小的详细调查,那季星官原本就是一个老实巴交的庄户孩子,被奸人鼓惑,去了日本。在日本混了两年,既没参加革命党,也没学会造炸弹。这不,他老娘还在家给他娶媳妇,等那小子一回来,跟媳妇一圆房,接过他娘的金钥匙,就成了遵纪守法的盐铺掌柜了。

季王氏 多谢差爷关言,只是我这儿子不知何日才能回到家乡。

王　婆 老婶子哎,好事不能拖,一拖就啰唆。我看就是这几天,将那媳妇娶过门。一个水灵灵的美人儿在家等着,还怕他不回来吗?

季王氏 没有新郎,如何举行婚礼?

王　婆 （唱）

此事古来有先例,

抱着公鸡拜天地。

季王氏 这有点不太妥当吧。

王　　婆（数板）

　　妥当妥当很妥当，

　　这种事儿很正常。

　　从江南，到两广，

　　多有儿郎闯外洋。

　　大海茫茫回程远，

　　公鸡代郎拜花堂。

　　娶回来就是你家媳，

　　你摇着扇子把福享。

　　轻活重活儿都是她干，

　　再不用您亲自动手里外忙。

　　她要不听您的话，

　　打死不用把命偿……

　　婶子，你觉得怎么样？

季王氏　那就有劳侄媳了。

王　　豹　那我就这样回去交差？

季王氏　有劳官差！

王　　豹　劳倒也不劳，只是这肚子咕噜噜响个没完，想必是饿了。

王　婆　说了一上午,口干舌燥,我这肚子不但是饿,嗓子眼里还往外喷火呢!

季王氏　(走到柜台后取出两块银子,分给王婆、王豹)老身怠慢了,这点碎银子,就请二位去喝茶吧。

王　豹　(掂量着银子)我说老太太,您这是打发叫花子吧?!

王　婆　真是越富越抠门儿!

季王氏　(又取出几块银子分送二王)老身手边也就这些了,二位将就些个,等我儿回来,定有重谢。

王　豹　好嘞,老太太,您就安排人粉刷墙壁,置办酒席,等着娶儿媳妇吧。

王　婆　我还没跟人家女子说呢。我估计,要把这事办成,光靠磨嘴皮子不行,我得准备点好烟土,把姑娘那个大烟鬼子爹先给打发舒服了——老婶子,这花费可少不了啊。

王　豹　这粉刷墙壁,置办酒席的杂事儿,我看就承包给我姐夫吧!

季王氏　哪个是你姐夫?

王　豹　才刚来你这儿买过盐的刘四啊!

季王氏　是他呀!

王　豹　我这姐夫,嘴是滑了点,但办事还是很牢靠的。

王　婆　到时我让我丈夫,您那个不成器的侄子也来打个下手,上阵要靠父子兵,肥水不流外人田嘛。

季王氏　来吧,都来吧,只要能保得我儿子平安无事。

第四场　一仆二主

〔县衙签押房。知县庄有德办公场所。

〔幕启，王豹鬼鬼祟祟地溜上来。一看室内无人，他立刻挺胸叠肚，鹅行鸭步，模仿着知县的姿态，在房内东瞅瞅，西看看，拿起知县的毛笔，在空中做狂草状，又端起知县的烟枪，闭着眼吸一口，做出过瘾陶醉姿态。

王　豹　（数板）

啥菜也不如白菜好，

啥肉也比不上猪肉香。

啥贵也不如金子贵，

啥事也不如当官强。

(坐在知县的太师椅上)

(唱)

趁着老爷不在堂,

俺一人独占签押房。

在老爷的椅子上落了座,

浑身上下暖洋洋。

人靠衣裳马靠鞍,

讲威风,讲排场,

就看你屁股坐在啥地方。

坐门槛的是傻小子,

坐地头的种高粱。

坐毛驴那是小媳妇回娘家,

坐炕头,只能与老婆孩子拉家常。

坐雕鞍冲锋陷阵当将军,

坐在老爷的椅子上,

呼喝一声升了堂。

(得意忘形地)升堂——

[知县庄有德上,见到王豹的丑态,故意咳嗽一声。

［王豹慌忙从椅子上下来,连滚带爬来到知县面前,下跪磕头请安。

知　县　（威严地）大胆狗才,竟敢私坐老爷我的座椅,你是想篡位吗？

王　豹　（连连磕头）小的不敢,小的不敢。小的怕老爷落座凉了屁股,先来给您热热窝儿。

知　县　呸,花言巧语,你分明想取而代之嘛！

王　豹　老爷老爷,您就是借我一百个胆儿,我也不敢生这样的妄想！（旁白）我要真当上,不比你干得差呢！

知　县　那你想干什么？

王　豹　（嘻嘻一笑）老爷,我对您说实话吧,往常日,看到老爷坐在这椅子上,四平八稳,堂堂正正,呼喝一声,众人响应,那叫排场,那叫威风！小的就想,什么时候让我在大老爷的位置上坐一坐,感受一下当官的滋味,也不枉活了这一世。所以,一看老爷没来,这把椅子在我眼前一阵阵放光,一阵阵散热,就像有人从后边推着我似的,我就这么不知不觉地,不知不觉地,一屁股就坐在这把大红酸枝木的太师椅子上了——

知　县　什么感觉啊？

王　豹　(嘻嘻笑着)就像,就像坐在那烧热的鏊子上一样……

知　县　你还知道冷热。

王　豹　当然知道,小的如果连这点觉悟都没有还配给老爷当差吗？

　　　　〔王豹用衣袖做擦拭椅子状。

知　县　(走到椅子前)

　　　　(唱)

　　　　风大浪高莫行船,

　　　　生逢乱世别当官。

　　　　道理浅显人人懂,

　　　　可是人哪,见到官位都贪恋。

　　　　就连这王豹狗腿子,

　　　　竟然也痴心妄想当大官。

王　豹　(旁唱)

　　　　别看他人模狗样堂上坐,

　　　　公正廉明身后悬。

其实一肚子小九九,

拨拉着升官发财的小算盘。

何时皇帝发了怒,

新账老账一起算。

剥你的人皮楦上草,

把你的九族全杀完。

腾出个位置呀,

让俺来当父母官。

〔知县敲响惊堂木。

知　县　王豹!

王　豹　小人在。

知　县　昨天本官差你去顺发盐铺探听那季星官的消息,可有收获?

王　豹　老爷,托您的福,这事儿小的办得十分地圆满,我给老爷禀报了,老爷一定会赏小的两壶酒钱。

知　县　油嘴滑舌!如实报来。

王　豹　老爷呀!

（唱）

昨儿个,小的大步流星往前赶,

　　　　碰上个笨猪到眼前。

　　　　自说是个画子客,

　　　　一听就知是谎言。

　　　　我一把撕下他的假辫子,

　　　　狡猾的狐狸把原形现。

　　　　他的名字叫秦兴邦,

　　　　家住烟台玉皇山。

　　　　他与季星官同学两年半,

　　　　同吃同住同睡眠。

　　　　他肩上背着个青包袱,

　　　　从外边看,有棱有角沉甸甸。

知　县　包袱里包着什么?

王　豹　您猜?

知　县　是金银?

王　豹　(旁白)他就稀罕这东西。(对知县)老爷,我也是这么想的,可不是金银。

知　县　那一定是枪支炸药。

王　豹　(旁白)亏您想得出。(对知县)也不是枪支炸药。

知　县　本官不猜了,快快说来。

王　豹　老爷呀!

（唱）

那包袱里包着一木匣,

画着青龙白虎镶金边。

盒里装有一纸袋,

纸袋里装着让您吃不好睡不宁、

生怕他回乡造反夺权的季星官。

知　县　骨灰?! 季星官死了?

王　豹　听秦兴邦说,那季星官——

（唱）

一没参加革命党,

二没学习造炸弹。

他正想回乡奔丧开盐铺,

命不济身染重病赴黄泉。

知　县　（唱）

这真是人算总不如天算,

老天爷帮我除了心头患。

不管那季星官是不是革命党,

他一死,上上下下都心安。

（白）

好,王豹,这差办得不错。那秦兴邦呢?带回来了没有?

王　豹　老爷,您吩咐我去探听那季星官的消息,跟那秦兴邦半文钱的关系都没有哇。

知　县　愚笨!想那秦兴邦,是从日本回来的留学生,管他是不是革命党,要先抓回来审讯。

王　豹　老爷,那秦兴邦是烟台人氏,人家好心好意不辞辛苦地来送骨灰,咱把人家捉起来,有点不太厚道吧。

知　县　呸!厚道二字也是你这张狗嘴说的?快快去把那秦兴邦捉来,本官要亲自审问,如果他是革命党,我们就为朝廷立了大功;如果他不是革命党——他从日本潜回,戴着假辫子,怎么可能不是革命党!

王　豹　不是革命党,咱也把他打成革命党。老爷,您就把那个小子交给我吧。

知　县　昏蛋,立刻派人去追捕秦兴邦!

王　豹　好嘞！(转身欲下)

知　县　回来！

王　豹　老爷还有什么吩咐？

知　县　去把少爷叫来。

　　　　〔庄雄才上。

庄雄才　(唱)

　　　　听到老爷将我唤，

　　　　一溜小跑到堂前。

　　　　(白)

　　　　父亲大人早安。(欲跪)

知　县　免了！

庄雄才　(旁白)其实我原本就没想跪。

知　县　你干的好事！

庄雄才　谢谢老爹夸奖，儿子我最近确实办了不少好事。

知　县　(一拍桌子)呸！你这孽障，你调戏了盐务局局长陈桐的女眷，砸了盐务局的店堂。陈桐联合了四大乡绅要到巡抚衙门告状，我花了四百两银子，说了无数好话，赔了许多不是，才把这事摆平！

庄雄才 老爹,我还要找您说这事呢。当今革命党在南方起义造反,天下混乱,盗贼蜂起,咱高密也不太平。一旦起事,巡防营那两哨八旗子弟,根本就是聋汉的耳朵——摆设。所以呀,儿子我要组建洋枪队。枪,我已从德国订好,就等着去青岛提货。可是我没钱啊!老爹你有钱,可舍不得给我啊。所以,我就想办法,想啊想啊,想得脑瓜生痛,多亏了王豹这小子脑瓜子灵,他让我——

(唱)

牵着狗,架着鹰,

身后跟着众弟兄,

穷人家里我不去,

谁家有钱往谁家冲。

让他们捐钱买枪买子弹,

保家保城保大清。

老陈桐,铁鸡公,

出恶言,句句凶。

他骂我是明火执仗活土匪,

还骂您是贪赃枉法害人虫。

我一怒砸了他家缸和瓮,

还把他老婆的腮帮子拧得发了青。

（白）

王豹,我说得对不对?

王　豹　少爷说得句句属实,老爷啊,

（唱）

打虎要靠亲兄弟,

上阵还是父子兵。

少爷组建洋枪队,

老爷您安全有保证。

老陈桐最有钱,

他不出血怎么行?

庄雄才　老爹,不狠难成事,无毒不丈夫。我要你撤了老陈桐,任命您儿子我为盐务局局长。

知　县　一派胡言！陈桐无过,怎能撤职?即便空缺,也不能用你,否则必招舆论沸腾。

庄雄才　舆论算个屁！只要咱把洋枪队建起来,把钱袋子夺过来,有钱有枪,咱怕谁?谁炸刺儿就灭谁！王豹,本少爷说得对不对?

王　豹　对对对！太对了！少爷您真是个当官的好料，我看老爷的知县也让给少爷算了。

知　县　放屁！老爷我是朝廷命官，知县之位怎能随便让人！

王　豹　（旁白）什么朝廷命官，所有的档案都是假的，瞒得了皇上，瞒不过奴才啊。

知　县　你在那嘟哝什么？

王　豹　没嘟哝什么呀！老爷，少爷雄才大略，文武双全，学贯中西，道统南北。区区高密小县，他耍着玩着就治理了，依小的之见，老爷就把这官位让给少爷算了！

知　县　不得胡言乱语！你们二人，快快去追捕那秦兴邦，务必把他捉回来。至于盐务局局长和洋枪队的事，容本官相机处理吧！

王　豹　老爷真是英明！（提过包着骨灰盒的包袱）老爷，这季星官的骨灰——

知　县　速速拿走！晦气！

王　豹　（旁白）待我送给那季王氏，再讹她几两银子。

庄雄才 老爹,我的事你可别忘了。

知　县 你要小心谨慎!

庄雄才 老爹,您就擎好吧。

第五场　洞房伴鸡

〔洞房内红烛高烧。新娘春莲蒙着红盖头独坐床上。床前摆着一硕大鸡笼,笼内有一只由演员扮演的披红戴花的大公鸡。

〔凄清的音乐声中,三更鼓响。

春　莲　（唱）

人声静更鼓响夜已过半,

洞房中清冷冷脚底生寒。

自古道红颜多薄命,

普天下薄命人数我春莲。

自揭开盖头布定睛细看,

不由我鼻发酸泪如涌泉。

只有这笼中鸡与我为伴,

洞房中无人气我形只影单。

可恨那王媒婆花言巧语,

可恨我老爹爹贪财爱钱。

可怜我老娘亲辞世太早,

满腹的苦情话可对谁言?

娘啊……

虽说是有丈夫留洋海外,

不知道何年月能把房圆。

与公鸡入洞房荒唐事件,

又是气又是羞意乱心烦。

到如今这生米已煮成熟饭,

纵然是哭断肠又有谁怜?

放纱帐解罗裙自睡了吧。

[季王氏悄悄上,做窗前偷听状。

[舞台前部灯光亮起,后部渐暗。

季王氏 （唱）

自老伴去世后诸事不顺,

儿未回就惹上官司缠身,

无奈何只好听媒婆之言,

娶回这宋氏女冲冲厄运。

（白）

这王家姑侄,一唱一和,狼狈为奸,分明冲着我的银子来的。唉,破财免灾吧。

春　莲　（唱）

迷瞪瞪刚刚要蒙眬睡去,

鸡鸣声如裂帛令我心颤。

听鼓声正敲着五更正点,

鸡司晨犬守夜天道循环。

见窗外依然是漆黑一片,

秋风起树叶响雁声凄惨。

正待要上床去蒙头再睡,

却听到婆母娘吼声连连。

［幕后,季王氏：我说媳妇儿,鸡都叫三遍了,你也该起来了吧。

春　莲　这就起来了呀！

（唱）

急忙忙穿衣衫前去应唤,

天大的委屈忍在心间。
早听说老婆婆脾气火暴，
我需要小心翼翼免生祸端。

第六场　坟前再诈

［野外，季丰年坟墓前。

［按照本地风俗，晚辈娶亲三日后，当在先辈坟前烧化纸钱，摆供祭品。

［季王氏烧化祭奠。

季王氏　老头子哎，这一眨巴眼的工夫，你就走了快两个月了。你活着的时候，我看你这也不顺眼，那也讨人嫌，整天刺你、骂你，脾气上来了，还往你脑袋瓜子上扇巴掌。可你一走，我怎么净想起你的好儿，想不起你的坏了呢？

（唱）

季王氏站坟前泪流满面，

想起了亡夫季丰年。

生前我对你诸般不好,

你死后我一人孤孤单单。

为保咱星官儿小命一条,

我忍痛花费了大把银钱。

娶回个儿媳妇妖媚狐眼,

一见她我心里就生出厌烦。

(白)

按说呢,这儿媳妇人也勤快,礼貌也周全,长得也不难看,可我看到她气就不打一处来,恨不得揍她一顿。唉,这就叫没缘分啊。但愿我儿回来能喜欢她,我儿要是不喜欢,我这些钱可就白花了哟!

(唱)

眼见着红日西斜天色已晚,

收拾起食盒我忙把家还。

〔王婆、王豹联袂上。

王　婆　老婶子哎,慢走!

季王氏　(一惊)怎么又是你们两位?

王　豹　老太太，咱们这就叫有缘分啊！

季王氏　该给你们的钱，我已经给了。

王　婆　老婶子哎，这次来可不是找您要钱，是给您报个信儿。

季王氏　说吧，是什么信儿。

王　婆　这信儿还挺蹊跷，我笨嘴拙舌的，说不清楚，还是让我侄儿说吧。

季王氏　你如果笨嘴拙舌，这世界上就没有会说话的人了。

王　豹　老太太，这话说来还挺长。这么说吧，前些天，我在大街上闲溜达，碰上一个人向我问路，打听季家湾顺发盐铺。

季王氏　哦？打听我家做甚？

王　豹　这人面白无须，穿袍戴帽，出言不俗，一看就不是庄户人。

季王氏　然后呢？

王　豹　做公的眼，赛夹剪！我跨步上前，扯着他脑后的大辫子，用力这么一扽，就让他现了原形——原来是日本潜回来的、剪了发辫的革命党。

季王氏 但愿不要牵扯我家儿子。

王　豹 老太太哎,我也是这么想,但越是怕什么越是来什么。

季王氏 你们说的话,我都遵从了。我家的银子,也都花光了。小本生意,还望官差庇护通融……

王　婆 我那亲亲的婶子哎,我们是要紧的亲戚,自然是护着您的。

季王氏 那就多谢了。

王　豹 那人肩上背着一个包袱,包袱里包着一个匣子。(将包袱捧到季王氏面前)

季王氏 (惊惧地)这是什么东西?难道是我儿子的——

王　豹 老太太哎,您一猜就猜着了!您那宝贝儿子,原本是想回来造反来着,不承想得了急病,他的朋友,就把他烧化了,给您背回来了。

季王氏 (几欲晕厥)天哪……

　　　　(唱)

　　　　闻噩耗如被那霹雷击顶,

　　　　又如同落冰窖不辨东西。

这真是屋漏又逢连阴雨,

　　黄鼠狼偏咬我生病的鸡。

　　但愿是大白天做了个噩梦,

　　却又听这狗男女恶言相欺。

王　婆　老婶子哎,大兄弟死了倒也是好事,那官府再也不会来找咱家的麻烦了!

季王氏　呸!我儿死了,你还来说这样的昏话!

王　豹　话是有点昏,但又一想,还挺有道理。您想想,要是您儿子活着回来,即便我想罩着他,但也保不准有那些瞅着咱家不顺眼的,惦念着咱家柜子里银钱的,跟咱家有过节儿的,到衙门里去举报咱。县太爷这边,咱家给您摆平,但人家要把状告到府里,告到省里,咱这只巴掌就遮不住了。所以呀,您儿子这一死啊,倒也一了百了了。

季王氏　早知如此,你们还哄骗老身花钱娶这儿媳干啥呀!

王　婆　老婶哎,瞧您这话说得,多没良心啊。要是没这儿媳妇,谁给您做饭哪?谁帮您舂盐哪?谁陪您说话呀?您不寻思着报答我们,反倒埋怨起我们来了。再说,我们要是早知道您儿子没了,怎么着也不能哄骗人家如花似玉的个黄花闺女嫁给个死人吧?

王　豹　嫁给个公鸡。

王　婆　你们家那公鸡要是能变幻成人,倒也是一桩神仙姻缘!

季王氏　你们就不要欺侮我这孤寡之人了……

王　豹　老太太,别哭哭啼啼了,有我跟俺老姑罩着,没人敢欺负你。(将包袱递给季王氏)给,接着呀!您是悄悄地埋了呢,还是放在炕头上当个念想儿,主意自个儿拿吧。

王　婆　老婶子,这东西,您可得藏好了,宋家那闺女,我看也是个烈性子人儿,她要是知道了实情,跟您闹起来,就没您的好日子过了。

季王氏　我的丈夫死了,儿子也死了,也没什么念想了。人要没了念想,也就没什么好怕的了。

王　豹　老太太,您可别这么说,好死不如赖活着。办法嘛,也还是有的……老姑,你说呢?

王　婆　(做省悟状)是啊,有办法。要是你儿子的魂儿能托在公鸡身上,公鸡能变成个小伙子,这就是千年流传的传奇了。你看那老戏里,这样的故事可不少。

季王氏　不要拿我老婆子取笑了!(哭)我的儿啊……

王　婆　要是那公鸡不能变化成人,老婶子哎,你看我这侄子,一表人才,有权有势,有头有脑,有情有义,无家无室,无牵无挂,就过继给您当儿子吧!

季王氏　呸!我们婆媳二人,宁愿吊死……

王　婆　那万贯家财呢?

王　豹　老娘亲,话别说绝了,天无绝人之路,好日子还在后面呢,您回去慢慢地想想吧!这次报信的辛苦钱,我就不跟您要了。

王　婆　(从季王氏手里夺过食盒)您这个食盒我看也没有什么用了,就送给侄媳妇我做个针线匣子吧。

季王氏　这可是紫檀木的匣子呀!

王　婆　嗐,都到了这份上了,你还记挂着什么紫檀木花梨木啊。

第七场　母悲妻盼

［一个月之后。

［盐铺柜台后，季王氏捧着烟袋吸烟。

［春莲身穿青衣，系蓝底白花裙，双手持木杵，在舞台中央位置舂盐。

［舞台左前方，放置着那个夸张的鸡笼，鸡笼上蒙着红布。公鸡在笼中发出咯咯的声音。

季王氏　我说媳妇啊，你去抓两把高粱，把你那丈夫喂喂呀！

春　莲　婆婆，我的丈夫在日本留学，它是一只公鸡。

季王氏　哦，过门才一个月，就敢跟我犟嘴了。(想起儿子，痛苦地)你的丈夫……我的儿子……他为什么要去留学呀……

春　莲　婆婆,我的丈夫可有什么消息吗?

季王氏　你的丈夫……我的儿子……他可有什么消息吗?

春　莲　我问您哪,您怎么反倒问起我来了呢?

季王氏　我不问你,你让我去问谁呀?

春　莲　托人到官府里去问问,我的丈夫,不是被他们派到日本留学去了吗?

季王氏　是啊,是被他们派去的。当时,还有很多人羡慕,说我儿子留学回来,要当大官发大财呢……

　　〔刘四提着篓子上。

刘　四　掌柜的,称两斤盐!

　　〔季王氏放下烟锅,称盐。

　　〔刘四色眯眯地上下打量着春莲。

季王氏　(将刘四的篓子重重地蹾在柜台上)刘四!

　　〔刘四一愣,讪讪地笑着。

季王氏　拿钱。

刘　四　掌柜的,你欠我的钱还没还清呢!

季王氏　无赖!我家从没欠过你的钱!

刘　四　掌柜的,这就是您的不对了。我听我小舅子的吩咐,为你家粉刷墙壁,置办酒席,说好了给我三两银子的,可你只给了我一两。

季王氏　那二两早就被你那小舅子代你领走了。你若不信,他的收据在此。

刘　四　我不管你什么收据不收据的,反正你还欠我二两银子。

季王氏　天理何在啊!

刘　四　掌柜的,赖人钱财是要遭天打五雷轰的!

季王氏　媳妇,把鸡放开!

刘　四　(提起笼子就跑)别别别,我不怕天,不怕地,就怕你们家的铁爪大公鸡!(深深地看一眼春莲)可惜可惜真可惜,美貌佳人嫁公鸡。两个寡妇,要那么多钱干什么呀!

　　〔春莲停下手中杵,若有所思。

季王氏　媳妇,你的魂呢?

春　莲　我的魂吗?

季王氏　把你的魂收回来,别听这些人胡言乱语。你手上的活别停,听我给你说说咱这顺发盐铺的事儿。

春　莲　是,婆婆,儿媳听着。

季王氏　别光听着,手里还得干着。

春　莲　是,婆婆。

季王氏　(唱)

鱼儿无水不能活,

人不吃盐力不全。

自古盐业官家办,

私自买卖犯重典。

一两盐价八分税,

开店卖盐赚大钱。

为了抢这沽盐权,

想当初我公爹,

钩心斗角,请客送礼,

万般手段皆使全。

咱娘俩要看好这家店,

一辈一辈往下传。

春　莲　婆婆,我那丈夫他如果不回来,咱这家业如何往下传哪……

季王氏 呸!你小小年纪,怎么长了个乌鸦嘴呢!你那丈夫……我的儿啊,他迟早会回来的。

春　莲 婆婆,你还是修书一封,让我那丈夫早些回来吧。

季王氏 (唱)

小贱人声声追问不间断,

我心中好似利剑穿。

我的儿生重病少年早亡,

撇下我孤寡人好不凄惨。

我好比打掉牙和血下咽,

又好比哑巴吃黄连有苦难言。

这件事迟早要说穿,

拖一时算一时得瞒且瞒。

(鸡在笼中扑棱鸣叫)

我说媳妇啊,

你休要垂头丧气愁眉苦脸,

咱娘俩这辈子不缺吃穿。

我让你揭开笼子把鸡喂,

你为何一拖二靠不动弹?

春　莲　（哭泣）婆婆呀,

　　　　（唱）

　　　　儿媳我不羡富贵不爱银钱,

　　　　只盼望与丈夫早日团圆。

季王氏　你还要脸不要脸了？过门才一个月,就逼着婆婆要汉子。想当年我婆婆也是抱着公鸡成亲,一个人守了十年空房,我公公才从南洋回来,要让你守十年,那还了得!

春　莲　儿媳知错了。

季王氏　知错就好。快去把你丈夫喂喂。

春　莲　它不是我丈夫,它是只公鸡!

季王氏　又来了！你这孩子怎么像磨道里的驴,只会转圈不会拐弯呢？

春　莲　（哭泣）……

季王氏　我算服了你了！你可要知道老季家是有家法的。

春　莲　儿媳知错了。

季王氏　知错你要改啊！快去喂喂你那……公鸡。咱娘俩还指靠着它看家护院呢。

〔春莲停下手中杵,揭开鸡笼,公鸡出来,伸展"翅膀"。

季王氏 哎哎哎!你怎么把它给放出来了呢?

春　莲 婆婆,让它到街上去活动活动,找点活食吃。

季王氏 你不知道外边正闹鸡瘟吗?

春　莲 儿媳不知。

季王氏 快把它关进去。

〔春莲把公鸡关进鸡笼。

春　莲 (怯生生地)婆婆,媳妇过门已有一月,我想回家探望爹爹……

季王氏 你就别惹我上火了!你那大烟鬼爹,把自己亲闺女都卖了,你还去看他?咱盐铺也该进盐了,你明儿个去县城挑盐。

春　莲 媳妇自幼胆小,怕见生人。

季王氏 嘿,你倒撒起娇来了!媳妇啊,我看你是小姐的身丫鬟的命!我花了这么多银钱把你买来,不是当花瓶供着看的。你呀,乖乖地给我挑去吧。想当年,我新婚三日,就被我婆婆逼着去挑盐,硬是把俺这两只三寸金莲给甩打成了半尺鲇鱼。你是穷人家的丫头,婆婆我是正儿八经的大家闺秀。俗话说得好,多年的大路走成河,多年的媳妇熬成婆。你呀,就慢慢熬吧!

春　莲　可是我那丈夫,他何时才能回来……

季王氏　哎哟喂!怎么又绕回来了呀!你以为婆婆我就不想他回来了吗?婆婆我哪一夜不哭啊?你去看看婆婆的枕头,谷秕子都发出芽来啦……

春　莲　媳妇不是怕吃苦,只是怕路上遇上歹徒纠缠,那该如何是好哇。

季王氏　光天化日之下,哪来的什么歹徒?(打量春莲)这么着吧,赶明儿出门前,你把锅底灰抹到脸上,再把婆婆我当年挑盐时穿的破裤子穿上。

春　莲　(哭泣)儿媳听婆婆吩咐。

季王氏　媳妇啊,我儿子没了——

春　莲　(惊愕)婆婆您说什么?!

季王氏　我是说,我那儿子没回来,咱娘俩,就是一根绳上拴着的两个蚂蚱,咱得互相帮衬着,把这日子过下去。

春　莲　儿媳听婆婆的。

季王氏 不怕一万,就怕万一。我看你跟咱家这铁爪鸡也混熟了,赶明儿,就让它跟着你。咱家这只鸡,胜过皇宫里的带刀侍卫呢。

春　莲 婆婆你可说过,街上流行鸡瘟哪!

季王氏 你这孩子,怎么这么别扭呢?——才刚刮了一阵风,把那鸡瘟刮走了。

第八场　挑盐路上

〔县城外十余里,道路两侧是收获后的广阔农田。

〔时当深秋,阴云密布。

〔知县之子庄雄才,骑马扬鞭,在以王豹为首的一群混混簇拥下,风风火火,登上舞台。

〔王豹等人,都扛着从德国进口的洋枪,衙役的号服配上洋枪,显得不伦不类。

〔一鹰一犬,均由演员扮演。

庄雄才　(唱)

扬鞭催马出县城,

架鹰嗾犬我威风。

男儿能文又能武,

俺心中,半是诗意半是豪情。

王 豹 (旁白)这小子,真能忽悠!

庄雄才 小的们!

王豹与众混混 有!

庄雄才 这是到了什么场地?

王豹与众混混 庄家坡!

庄雄才 为什么叫庄家坡?

王豹与众混混 因为这一眼望不到边的土地,都是少爷您家的。

庄雄才 为什么这么多土地都是我家的?

王豹与众混混 因为咱家有钱!

庄雄才 咱家为什么有钱?

王豹与众混混 因为咱家当官。

庄雄才 咱家为什么能当官?

王豹与众混混 因为咱家有钱!

庄雄才 这么说,你们都不傻。

王豹与众混混 我们不傻,少爷傻。

庄雄才 放屁!

王豹与众混混 少爷不傻,我们傻。

庄雄才 还是放屁!

王豹与众混混 少爷傻,我们更傻。

庄雄才 这就对了!听我吟诗一首。

王豹与众混混 听着呢!

庄雄才 傻人自有傻人福,

泥胎塑像住瓦屋。

只要有个好爸爸,

文是文来武是武。

王豹与众混混 好诗!

庄雄才 听明白了没有啊?

王豹与众混混 没听明白。

庄雄才 没听明白叫什么好啊!

王豹与众混混 习惯了。

庄雄才 尽管是一群马屁精,但没有你们还真不行!小的们——

王豹与众混混 听少爷招呼!

庄雄才 给我长着点眼力见儿,看到那野兔子,就给我放鹰嗾犬!

王豹与众混混　是喽!

庄雄才　少爷我——王豹,我们这支队伍叫个啥旗号?

王　豹　高密县新编洋枪队。

庄雄才　队长是——

王豹与众混混　少爷您!

庄雄才　本队长今日还要试试这洋枪的威力,凡是那鹰拿不着的,狗追不上的,你们都给我开枪打!

王豹与众混混　是喽!

　　〔众呼哨而下。凄婉的音乐声起。春莲在台后道出一声凄凉的长白:苦哇——

　　〔春莲挑着两个沉重的盐篓,踉踉跄跄,前仰后合地上。她从没挑过如此沉重的担子,双手紧抓住肩膀前方的扁担。两个盐篓仿佛两个调皮捣乱的猪崽,忽而前篓着地后篓翘起,忽而后篓着地前篓翘起。她忽而单膝跪地,忽而双膝跪地;身体忽而右倾,忽而左倾,挣扎搏斗之状,难以言表。

　　〔公鸡似乎对春莲极为同情,以各种鸡能做出的动作对她表示关怀,但又无法帮助。

第八场　挑盐路上　　091

春　莲（唱）

　　盐行里挑回盐一担，

　　一篓在后一篓前。

　　世上的活儿千千万，

　　今日方知挑担难。

　　一脸泪，浑身汗，

　　腿儿颤，腰儿酸，

　　肩膀疼痛如火煎。

　　似这般，跌跌撞撞，踉踉跄跄，

　　歪歪扭扭，摇摇摆摆，

　　好一似赤脚爬冰山，

　　无头的苍蝇碰窗帘，

　　风吹弱柳枝叶翻，

　　大风浪里无桅的船。

　　船儿虽破终能靠岸，

　　我的出路在哪边？

　　[挣扎前仆，跪倒在地。

　　[公鸡前后呵护，宛如情人。

（白）

　　公鸡啊，你若是个男人，也好帮我挑一程啊！

（唱）

女是女来男是男，

人是人来仙是仙。

人畜怎能通变幻，

心存妄想太荒诞。

打起精神壮起胆，

咬紧牙关再向前。

［一挑担男子与一抱婴女子同上。

［春莲挑担艰难行进。

抱婴女 孩子他爹，你看那挑担女子，其状甚是可怜哪！

挑担男 她那担子，看上去十分沉重！

［春莲扑跪在地，掩面哭泣。

抱婴女 这位大妹子，您这是……

［春莲哭泣着站起来，施礼。

挑担男 您是哪个村的？

春　莲 季家湾。

抱婴女 您挑的是？

春　莲 是盐。

挑担男 您是顺发盐铺的……

春　莲 正是。

抱婴女 你就是那个与公鸡拜堂的新媳妇?

春　莲 正是。

抱婴女 这就是那只公鸡?

春　莲 正是。

抱婴女 (悄对丈夫)听说这只公鸡能够变化人形,每天晚上与她同睡?

挑担男 (悄对妻子)世上哪有鬼怪?鬼怪都是人心里想出来的。(转对春莲)这两篓盐可是不轻啊!

春　莲 整整八十斤。

抱婴女 你那婆婆,心可真够狠的。

挑担男 大妹子,看这样子,你是第一次挑担。

春　莲 平生第一次。

挑担男 我的担子轻,你的担子重。我帮你挑着这重的,你挑着我这轻的,我们两口子送你一程。

春　莲 不敢劳动大哥。

抱婴女 你就别客气了,人生在世,谁还没有点难处。

春　莲 如此,就劳烦大哥了。

〔两人换担子。

挑担男 大妹子啊,这挑担子啊,也要顺着劲儿,不能拧别着。

(唱)

一根扁担两头尖,

中间坚实两头颤。

腰板挺直腿莫软,

两只眼睛看向前。

〔挑担男子示范,春莲学习。

抱婴女 腰板挺直,胳膊甩开。

挑担男 (唱)

步子跟着扁担走,

气息调匀莫耸肩。

〔三人相跟着下。

〔庄雄才一伙大呼小叫着跑过场。鹰哨狗吠,枪声震耳。

〔挑担男子、抱婴女子与春莲上。

〔春莲的挑担技术已大有进步。

挑担男 (放下盐担)大妹子,前边我们就该拐弯了,不能往前送你了。

春　莲　（放下担子）多谢大哥大嫂。

挑担男　按说,我们应该把你送回家才是。

春　莲　已经感激不尽了。

抱婴女　（掏出一条毛巾、一个煮鸡蛋）大妹子,这是俺孩子他姥姥送的。这条毛巾,你用来擦汗垫肩,这个鸡蛋,你吃下去垫巴垫巴。肚里没食,身上无力啊!

春　莲　（感动至极,掩面抽泣）如此大恩大德,春莲不知如何报答……

抱婴女　你就别客气了,苦命的人儿,你就慢慢地熬吧。

　　［挑担男子和抱婴女子下。

　　［春莲将扁担放两盐篓上,人坐在扁担上。用毛巾擦汗,吃蛋,被噎住。

春　莲　（唱）

　　一口蛋噎得我肠搅胃翻,

　　身上冷心里暖珠泪涟涟。

　　看人家夫唱妇随相依相伴,

我一人如孤雁形只影单。

　　看人家粉琢的婴儿怀中安眠,

　　我只有一只鸡立在身边。

　　不怨天不怨地怨我命蹇。

　　(掩面哭泣)

　　忽听得那边厢狗叫人喧。

　　[庄雄才率众混混上。

庄雄才 小的们!

王豹与众混混 在!

庄雄才 吆喝了半天,连根兔子毛都没见着。

王　豹 兔子听说您要来,都躲起来了。

庄雄才 兔子听谁说我要来?

王　豹 您一出城就吆喝,兔子还听不着?

庄雄才 这么说是我的错?

王　豹 是您的错,少爷!

庄雄才 大胆狗才!别说不是我的错,就算是我的错,你也不能说是我的错。

王　豹 小的明白了。

庄雄才 再不明白我就砸了你的狗食钵子!

王　豹　是！

庄雄才　听听那边是什么声音？

王　豹　没有声音！

庄雄才　混账！本队长分明听到有个女人在哭泣！

王　豹　没有。

庄雄才　往那边看！

王豹与众混混　少爷好眼力，果然是个女人！

庄雄才　走着，过去看看，也许是一个弱女子，需要我们帮助。

　　　　［众混混围拢，春莲慌忙整理担子，欲行，被阻拦。

庄雄才　(夸张地探头观看春莲容貌)呜呀呀！国色天香啊！

王　豹　(旁白)瞧瞧这副德性吧，看到漂亮女人，就跟苍蝇见了血似的。

庄雄才　给我上去问问，她家住哪里，姓甚名谁，为何在这荒郊野外掩面哭泣？

王　豹　少爷，您这不是脱了裤子放屁找麻烦吗？您自己问一下不就得了？

庄雄才　无知的狗才,这是礼节!

王　豹　(上前,旁白)我怎么瞅着这么眼熟啊。哦,想起来了!是顺发盐铺的公鸡媳妇。我还惦念着她呢,想不到被少爷看上了。这可就麻烦了,我怎么这么倒霉呢!(对春莲)哎,你这女子听着,我家少爷问你姓什么,叫什么,家住哪里,一个人待在这荒郊野外哭什么?

春　莲　(冷冷地)我哭我的,与你们何干?

王　豹　少爷,听到了吧?

庄雄才　告诉她,队长我心地善良,最看不得女人伤心落泪。她这一哭啊,把我的心都哭碎了啊!

王　豹　(对春莲)听到了吧?我们家少爷的心都碎了。

庄雄才　队长!

王　豹　是,少——队长!

春　莲　猫哭老鼠假慈悲!

王　豹　队长,她说你是猫哭老鼠假慈悲。

庄雄才　蠢材!连句话都不会说。看我自己上前去说。

王　豹　早该您自己去说,这掏心窝子的话,哪有让人传的?

庄雄才　小娘子哎,看您这娇花弱柳的小模样儿,怎么能干这力笨活儿呢?不如跟着队长我回家,我让你披金挂银,穿绸着缎,吃香喝辣……享不尽的荣华富贵啊!

春　莲　大胆狂徒!光天化日之下,公然调戏民女,难道你不怕王法吗?

庄雄才　我这不是可怜你,同情你,喜欢你,想把你从苦海里捞出来吗?真是好心当了驴肝肺!

春　莲　谢谢你的好心。

〔春莲挑起担子欲走,被庄雄才一把扯住。

庄雄才　别走啊,我心里的话还没说完呢。

春　莲　放开我。

庄雄才　我怎么舍得放开你?

〔公鸡扑上来,咯咯叫着,猛啄了庄雄才的耳朵。

〔庄雄才惨叫着松开春莲。

庄雄才　哎哟,痛死我了。

王　豹　（旁白）顺发盐铺的铁爪鸡厉害,哪个不知,谁人不晓？

庄雄才　放鹰,嗾犬！

　　〔狗扑上去,被公鸡一爪子打在头上,狗惨叫着逃开。

　　〔鹰扑上去与公鸡搏斗,不分胜负。狗从后边偷袭,咬住公鸡的腿,鹰顺势捉住公鸡。

　　〔一混混开枪,误将狗打死。

庄雄才　我的狗啊……

　　〔春莲抽出扁担,打死鹰。

庄雄才　我的鹰啊……连人带鸡一起拿下！

　　〔公鸡振翅长鸣。众混混退缩。

庄雄才　上啊！

王豹与众混混　上啊！

　　〔公鸡奋起,猛啄庄雄才的脑袋。庄雄才与众混混抱头鼠窜。

王　豹　（折返回来,对春莲）大妹子哎,小娘子哎,我这个人,看起来像个坏人,但实际上是个好人。我就实话对你说吧。你那个丈夫哎,早就死喽！

骨灰盒是我亲手交给你婆婆的。我家这个少爷,不是个好东西,你千万别信他的花言巧语。你婆婆要认我做儿子,咱两个配对正合适……

春　莲　狂徒!

王　豹　我说的句句都是实话,信不信由你啦!

　　　　[王豹转身跑下。

春　莲　(踉跄,踩步,绞身,手扶扁担站定)

（唱）

听狂徒一席话如雷轰顶,

却原来心中猜疑俱是实情。

我犹如茫茫黑夜迷了路径,

头发蒙耳蜂鸣眼冒金星,

向前走,一团黑,

往后退,黑窟窿,

前不见五指,后不见身影,

叫天天不应,

呼地地不灵。

恨不得哭倒长城八千里,

恨不得扒了宫殿拆皇陵。

恨不得插翅飞上凌霄殿，
与玉皇大帝把理争。
恨不得变成冤魂下地狱，
向阎王老子来求情。
求他们放我丈夫还阳世，
让我领略人间夫妻情。
……

第九场　星官归来

［舞台左侧是盐铺柜台，右侧是春莲与公鸡的居室。悲怆的音乐声中，春莲将床上的红纱、墙上的红"喜"字撕下来，扔在地上。

春　莲 （唱）

抛盐篓，抱公鸡，

一步一拐，又悲又愤，

哭哭啼啼，疯疯癫癫，

人病鸡残，

挨回家院。

（白）

这这这，这是我的家吗？

（唱）

与其说这是家，

还不如说是埋葬我的万丈深渊。

季王氏 （恨恨地）今天夜里，你要不把那两篓盐给我找回来，我跟你没完。

春　莲 （唱）

回家后与婆婆把理辩，

她拳打脚踢不由我开言。

季王氏 （唱）

头遭让你去挑盐，

你抱只公鸡转回还。

两篓食盐八十斤，

你给我算算多少钱？

（白）

气死老身了！

春　莲 （唱）

你的儿已经客死异邦，

为什么还要骗我上这破船？

难道我一辈子与鸡相伴？

这茫茫的苦海何处是岸?

季王氏 (唱)

说一千,道一万。

找不回盐篓扁担我把你皮打烂!

(白)

还不快找去!

春　莲 (唱)

婆婆休要起嚣声,

三寸的小虫子也有性情。

我忍气吞声两月整,

只因为有个盼望在东瀛。

如今打破了青春梦,

一条贱命比羽毛轻。

我吞砒霜,绳套颈,

跳大河,投枯井,

下阴曹,闯幽冥,

阎罗殿前把理争。

我我我,

我要告你呀!

　　　　我告你昧着良心把人骗,

　　　　让我黄花闺女嫁鸡公……

季王氏　哎哟喂! 你倒吓唬起我来了! 小贱人哪,要死你就快点死。你死了,正好与我那死去的儿子合坟茔,也算了了我一桩心事……我那可怜的儿啊……

　　　〔灯光暗,季王氏下。

春　莲　(唱)

　　　　狠狠心将红纱抛上梁头,

　　　　万般的烦恼一旦休。

　　　〔公鸡在笼中挣扎,鸣叫。

春　莲　公鸡啊公鸡,你这是要阻拦我吗?

　　　〔公鸡撞翻鸡笼出,"叼"走春莲手上的红纱。鸡扯人拽,伴以凄美音乐,犹似奇特舞蹈。

　　　〔春莲将红纱挽卷在臂,将公鸡拉到面前。

春　莲　公鸡啊公鸡,今日你为我受了重伤,就让我用这红纱给你包扎一下伤口吧。

　　　〔春莲撕下一绺红纱,为公鸡包扎腿上伤口。

　　　〔公鸡依偎春莲,似有感激之意。

春　莲　公鸡啊公鸡,可你只是只公鸡啊!

第九场　星官归来　107

（唱）

我本想头悬梁一死了之,

谁知这锦羽鸡通晓人意。

又一想我不能轻易去死,

让婆婆埋进坟去做鬼妻。

周身的痛疼难以支持——

（白）

公鸡啊,你入笼去吧。

（唱）

我这厢和衣卧凉床冰席。

［公鸡入笼,灯光渐弱。

［季王氏悄悄上,灯光渐强。

季王氏 嘻,尽管我嘴上说得狠,可这心里还是记挂着这小贱人。也真是委屈她了。她要真想不开,寻了短见,我季王氏可就真的成了孤家寡人了。

　　［季王氏侧耳倾听着春莲室内的动静。

季王氏 听到那小贱人在梦中呻唤,还好,活着就好哇。赶明儿个,我要对她好一点儿,逼死儿媳,我也就山穷水尽了。

〔季星官面蒙黑纱,悄悄地上,走到季王氏背后。

季星官 （悄声）母亲。

〔季王氏猛回头,惊叫半声,季星官上前堵住她的嘴巴。

季星官 母亲不要出声。

季王氏 你是何人?

季星官 我是您的儿子星官啊……

季王氏 星官,我的儿,我知道你是鬼,你是鬼娘也不怕,你是鬼娘也要看看你……

季星官 （摘去蒙面黑纱）母亲,我真是星官啊!

季王氏 我的儿,你的骨灰都送回来了呀……

季星官 母亲,这是瞒天过海的巧计。

季王氏 我的儿,你真的是人?

季星官 母亲,让我咬咬您的手指……

〔季星官咬母亲手指。

季王氏 我的儿啊……

（唱）

这真是从天上掉下了一个儿子……

第九场 星官归来 109

季星官 母亲,儿子此次回乡,肩负着千斤重担。我记得父亲为防匪盗筑有密室暗道,请母亲速带儿子前去。许多机密话儿,到了那里,再与您细细说明。

第十场　锦衣闪烁

［春莲卧室。
［灯光变幻,如同梦境。
［季星官披一件彩光闪烁的锦衣上。

季星官　（唱）

听母亲讲述了家中变故,
真好比生大病死后复苏。
宋氏女守空房两月有余,
知我死必绝望心如朽株。
万一她想不开寻了短见,
这天大的罪过谁能担负。
为保密暂不能说出真相,

　　　　　我且扮锦衣仙将她慰抚。
　　　　　我老父为防匪筑有暗道,
　　　　　来无影去无踪进退自如。
　　　　〔季星官用红布盖住鸡笼。照料春莲,为她拭面、揉肩,种种柔情款曲。

春　莲　（惊醒）你是何人哪?!
季星官　（愕然）
　　　　（唱）
　　　　　小娘子睁开眼容貌顿现,
　　　　　似乎是桥头女子来到眼前。
　　　　　世上难道有这种巧事?
　　　　　无意中成就了美满姻缘。
　　　　　欲要说破这个中的机关,
　　　　　只怕是女人家嘴巴不严。
　　　　　我还是先把这鸡精来扮……
春　莲　你到底是何人?
季星官　你是我的恩人哪。
春　莲　我何曾施恩于你?
季星官　一夜夫妻百日恩哪!

春　莲　你这浮浪狂徒,一派胡言。想我那丈夫,在我婚前即死,难道你是他的鬼魂吗?

季星官　我不是他的鬼魂,我们是拜过天地的夫妻啊!

春　莲　你这狂徒,深更半夜,潜入我室,是想污我名节吗?

季星官　娘子啊,休要喊叫,隔墙有耳,被人听到,可就有口难辩了。

春　莲　你快快离去,莫欺负我这苦命的女人……

季星官　(唱)

叫一声娘子休要惊疑,

我们是拜过堂的合法夫妻。

你浑身是伤,病情沉重,

就让我陪伴你到黎明之时。

春　莲　(无力地)你快快离去啊……

〔季公子照顾春莲。

〔远处传来一声鸡鸣。

季星官　娘子闭上眼睛好生将息,咱们后会有期。

〔季星官飘然而逝。

春　莲　(唱)

听雄鸡一声啼裂石穿云,

方才事不知道是梦是真。

这公子丰仪美临风玉树,

好一似九重天上谪下的仙人。

若说是梦,室中香气犹未散尽,

若说是真,他来无影去无踪仿佛幽魂。

半是惊半是喜心神不定,

半是愁半是恨忧烦焦心。

命中的冤家逃脱不了。

挣扎起病体打开房门。

第十一场 撞墙救鸡

[顺发盐铺。

[季王氏坐在柜台后抽烟,尽管她努力地不露声色,但内心的喜悦还是溢于言表。

[春莲持木杵舂盐,公鸡立在她身后,仿佛忠诚侍卫。

季王氏 (旁白)儿子从天而降,老身我喜不自禁。我儿身负革命大任,在地洞里秘密制造炸弹,等待革命时机。儿子叮嘱我不要喜形于色,所以呀,我还要狠起来呢!(对春莲)我说你这小贱人,别在那儿假模假式地捣了。扁担盐篓你给我丢了,公鸡也给我伤了,到底发生了什么事,你倒是说啊!

春　莲　（唱）

　　　　任婆婆恶言恨语我充耳不闻，

　　　　昨夜事已让我乱了心神。

季王氏　小贱人，歇会儿吧，喝点水，吃点东西，你不心疼我，我还心疼你呢。

　　　　〔公鸡焦躁不安，冲着季王氏咯咯叫唤。

季王氏　嘿，你们俩倒成一伙儿了。

　　　　〔王豹在前，引领着庄雄才和众混混上。

　　　　〔庄雄才耳朵上缠着纱布。

王　豹　少爷，顺发盐铺到了。

庄雄才　给本少爷通报!

王　豹　顺发盐铺的听着了，庄公子到了!

季王氏　哪里来的什么庄公子，分明是恶徒上门讹诈。媳妇儿，你先躲进内室，婆婆来应付他们。危急时刻，还得我这老将出马。神鸡，你来护卫老身。

　　　　〔公鸡不情愿地走到季王氏身侧。

季王氏　你快快躲起来呀!

［春莲下。

庄雄才 通报,把本少爷的名号报全。

王　豹 顺发盐铺的听着:高密县太爷的公子,大清朝候补知县、本县盐务局局长兼洋枪队队长庄雄才,前来巡视。快来迎接呀!

季王氏 如果真是那盐务局局长,还真是不敢怠慢哪。(出柜台作揖)不知局长大驾光临,老身这边有礼了!

庄雄才 (手提马鞭,指指点点)喊了半天,喊出个老婆子来。你们家男人呢?

王　豹 (悄声)他们家男人都死了。

庄雄才 (踹一脚王豹)多嘴!

季王氏 (哭泣)我那丈夫,半年前不幸染病身亡了啊!

庄雄才 是你毒死的吧?

季王氏 公子怎能如此说话呀!

庄雄才 这种事本公子见多了,譬如我爷爷就是被我奶奶给毒死的。

季王氏 那是公子家的光荣,老身担当不起呀。

第十一场　撞墙救鸡　117

庄雄才 担当不起就不用担当了。丈夫死了,那你儿子呢?

季王氏 (掩面泣)我那可怜的儿子,他……

　　　　［王豹对庄雄才附耳低言。

庄雄才 丈夫死了,儿子也死了,你这老婆子这命可真够硬的。家中还有何人?

季王氏 与寡媳为伴。

庄雄才 怎么没见你那寡媳呢?

季王氏 我那寡媳染病,在内室休息。

庄雄才 让她出来见我,本公子还带给她一份厚礼呢!

季王氏 寡媳染上了伤寒恶症,不便见人。

庄雄才 那我进去见见她。

季王氏 公子啊,寡妇门前是非多。您可要珍惜名声啊!

王　豹 (悄对庄雄才)少爷,听出来了吧?这老婆子棉絮里包钢针,句句扎着您哪!

庄雄才 我有这么笨吗,还用得着你提醒儿?(转向季王氏)哎,老婆子,你别想歪了,本少爷是遵朝廷整顿盐务之命,代家父下乡巡视,咱们,公事公办吧。把你家那卖盐的执照,拿出来看看吧。

季王氏 执照吗?就挂在那边墙上,公子请看吧。

庄雄才 (对王豹)过去看看。

王　豹 少爷,小的不认识字。

庄雄才 字都不认识,你认识什么?

王　豹 小的认钱!

庄雄才 我呸!

　　　　［庄雄才装模作样地看墙上执照。

庄雄才 老婆子哎!

季王氏 老身听着呢!

庄雄才 你这执照是何时颁发的?

季王氏 光绪十年。

庄雄才 老婆子,现在是宣统三年喽,这牌照,早该换发了。

季王氏 公子啊,为了这牌照,我家卖了五十亩良田,我那老公公为与人争这张盐牌,喝下了半瓢铁浆,搭上了一条性命!这卖盐执照,是长期有效、世代相传的呀。

庄雄才 什么长期有效世代相传,新皇颁旨:盐业系

第十一场　撞墙救鸡　119

统全面整顿,重新颁发执照,否则一律按私卖论处!

季王氏 公子,可怜我一门双寡,您高抬贵手吧!

庄雄才 老婆子,你们家的情况的确值得同情,可皇上旨意,谁敢违抗?咱们公事公办吧。

季王氏 公子啊,老身已给您备好了二两银子的酒钱。

庄雄才 老婆子哎,你把本少爷当成什么人啦?你以为本少爷是叫花子,是来你这里讨饭的?

季王氏 小本生意,勉强支撑。公子不要嫌少啊!

王　豹 少爷,二两银子也是银子,积少成多,要不我代您收下?

庄雄才 呸!你那点出息!把话跟她挑明!

王　豹 少爷,那小娘们哭丧个脸,实在配不上您……

庄雄才 狗才,少爷我一见钟情,说去!

王　豹 (旁白)他奶奶的,明明是我先看上的人儿,可还要给这孙子去说。唉,谁让咱给人家当差呢!(对季王氏)我说你这老婆子,怎么这么笨哪,我们家少爷冲着什么来的你还没看出来吗?

季王氏 老身糊涂了……

王　豹　让你那寡媳出来见见哪!

季王氏　……这……不合适呀……

王　豹　老婆子,咱们也算熟人了,我给你捅开天窗说亮话吧,我们家少爷看上你们家儿媳了,你呀,不如顺水推舟,做个人情吧。

季王氏　您这是说的什么话呀。

王　豹　我说的是大实话呀,只要让你那媳妇遂了我家少爷的意,什么执照不执照的,还不是我们少爷一句话的事儿。

季王氏　这事万万不可呀!

王　豹　老婆子哎,我也不劝了,你也别装了。您这儿媳妇,说明白了也是我那媒婆姑姑骗来的。

季王氏　我们是明媒正娶!

王　豹　什么明媒正娶,弄了只公鸡糊弄人家呗!

季王氏　我们家这是神鸡! 可以变化成人的。

王　豹　(对庄雄才)少爷,您听到了吧? 她说是神鸡,能变化成人。

〔公鸡咯咯叫着跳出,怒啄王豹。

庄雄才　我呸! 给我把这鸡妖拿下。

第十一场　撞墙救鸡

[众混混搏鸡,鸡因伤不敌,被擒,惨叫。

庄雄才 你变啊,变啊,变个人给咱看看! 奶奶的,给我拔了它的毛,扎个鸡毛掸子!

王　豹 好嘞! 活拔鸡毛,扎出来的掸子旺相!

[春莲急出。

春　莲 (唱)

闻神鸡声声惨叫将我呼唤,

急急忙出内室哪顾脸面。

众狂徒上门来无端纠缠,

查执照是借口实为春莲。

老婆婆纵然有千般不好,

关键时还与我共乘破船。

这神鸡对我有勇有义,

绝不能眼见它命赴黄泉。

(白)

狂徒啊,快将我家神鸡放开……

庄雄才 小娘子哎,你总算出来了。

春　莲 狂徒,快将我家神鸡放开! 否则……

庄雄才 否则你怎么着?

春　莲　我以死相拼！

庄雄才　嘿,为了只鸡你与我以死相拼?

春　莲　它有忠有义,胜过你们这些狂徒。

王　豹　少爷,听到了没有?她跟这鸡还真有了情儿。

庄雄才　(对王豹)你去问问她,公鸡虽好,也不能行男女之事吧?

王　豹　少爷,这种话儿,您还是自己去问吧。

庄雄才　我自己去问,还要你们这群奴才何用?

王　豹　少爷,奴才也有尊严,少爷说不出口的话儿,奴才就能说出口吗?

庄雄才　狗屁的尊严!上前问去,回府赏你一两银子!

王　豹　少爷,您可说话算数!

庄雄才　上前问去。

王　豹　兀那小娘子,我家少爷问你,这公鸡再好,也不能行那男女之事吧?

春　莲　(唱)

听狂徒无耻语羞红面颊,

春莲我虽出嫁却守着活寡。

千般的屈辱我嚼碎咽下,

救神鸡一条命才是正话。

（白）

狂徒，快快放了我家神鸡！这男女的事嘛，回家去问你的母亲。

王　豹　少爷，听到了吧？让你回家问你娘去。

庄雄才　蠢材！滚到一边！（转向春莲）小娘子哎，我也不必遮遮掩掩了，你也不必扭扭捏捏了。咱俩挑明了说吧。少爷我一见你，就好似那张生见了莺莺，迷上了呀。

（唱）

你这样不明不白守活寡，

也不是个长远好办法。

虽然缺不了吃与穿，

但人世间的乐趣，

那个啥，那个啥……

你啥都没尝着。

只要你答应嫁给我，

八人大轿把你抬回家，

你说啥，我听啥，

　　　　你要啥,我给啥。

　　　　我百依百顺听你的话,

　　　　过两年啊,咱生上一个胖娃娃。

春　莲　狂徒啊!

　　　　(唱)

　　　　你淫言浪语将我戏耍,

　　　　我火烧胸膛咬碎银牙。

　　　　难道这大清朝没了王法?

　　　　难道这玉帝爷爷双眼瞎?

　　　　难道如来佛把六道轮回、

　　　　因果报应全废啦?

　　　　任凭恶棍横行天下?

　　　　快快放开我的鸡,

　　　　要不然,我撞死在你面前,

　　　　化作厉鬼将你拿。

庄雄才　小的们。

王豹等　有。

庄雄才　你说这小娘子怎么这么糊涂啊,少爷我指一条阳关大道她不走,非要在独木桥上瞎转悠。

春　莲　狂徒,快放我神鸡。

王　豹　都是这鸡闹的。

庄雄才　有啥法子没有?

　　　　［王豹附庄雄才耳低语。

庄雄才　好计!(对季王氏)老婆子哎!

季王氏　老身听着呢。

庄雄才　情况就是这么个情况,你可听明白了?

季王氏　老身不明白。

庄雄才　老婆子,你这是揣着明白装糊涂。去劝劝你那儿媳妇,只要她顺从了我,你们家的营业执照,本少爷给你免费更换,你买这媳妇花了多少钱,本少爷加倍偿还。否则嘛,本少爷把公鸡脖子咔嚓这么一拧,你儿媳妇把脑袋往墙上呼嗵这么一撞,本少爷再把你的盐铺呼啦这么一封,老婆子哎,你可就癞蛤蟆吞了斑蝥——难受起来啦!

季王氏　公子啊,这天底下难道真的没有王法了吗?

王　豹　老婶子哎,您这脖子之上是脑袋瓜子还是榆木疙瘩?什么王法李法,县官不如现管喽!

季王氏　老身要到县衙前击鼓鸣冤!

王　豹　县太爷是我家少爷的亲爹。

季王氏　县里告不成,就到府上告。

王　豹　太守是我们家老爷的姐夫。

季王氏　省里告去!

王　豹　老婆子哎,巡抚大人第八房姨太太就是我们公子的亲姐姐。

季王氏　如此说来,老身只能身背黄榜,进京告状了。难道当今皇上也是你们家的亲戚?

庄雄才　老婆子哎,当今皇上虽不是我家亲戚,但他啊,是泥菩萨过河——自身难保喽。

季王氏　这是什么世道啊!

庄雄才　这世道嘛,真不是什么好世道,所以啊,老太太,你就得乐且乐吧。这么着吧,反正您这儿媳妇也是有名无实,你就收了她当义女,然后把她嫁给我,这样,你就成了我的老丈母娘,你也不用卖盐了,跟我进城享福吧!

季王氏　公子,不要拿我们寡妇取笑。

庄雄才　嗐,你这老太太,我一片真心对你,你怎么这么不懂事呢!

第十一场　撞墙救鸡

季王氏 （对春莲）媳妇啊,这可如何是好啊!

春　莲 婆婆,休要听信这狂徒的花言巧语。

季王氏 （对庄雄才）公子啊,我这媳妇脾气倔强,老身不能逼她啊。

庄雄才 再去劝劝!

季王氏 （对春莲）媳妇,要不,你姑且答应下来吧?

春　莲 婆婆,你这是要我答应他吗?

季王氏 人在屋檐下,不敢不低头哇。

春　莲 婆婆啊,你就要发大财啦。

季王氏 老身只想过几年平安日子,不去想什么钱财了。

春　莲 婆婆,你要享大福了!

季王氏 老身也活不了几年啦。

春　莲 （对庄雄才）

　　　　（唱）

　　　　如要春莲依顺你,

　　　　先放开我的锦羽鸡。

庄雄才 放开,放开!

　　　　〔众放开公鸡。公鸡逃回春莲身边。

春　莲　（手抚公鸡羽毛）

　　　　（唱）

　　　　叫一声鸡兄你听真，

　　　　你我此生有缘分。

　　　　你前日奋不顾身将我救，

　　　　春莲今日报你恩。

　　　　你快快逃离这是非地，

　　　　到深山老林去安身。

　　　　白日觅食防蛇咬，

　　　　夜宿枝头避鹰隼。

　　　　快走了啊……

　　　　［春莲将公鸡猛推出，然后头撞墙壁。

王　豹　（大呼）出人命喽——！

季王氏　媳妇啊！

　　　　［公鸡奋勇扑啄庄雄才。

　　　　［庄雄才与众混混逃下。

第十二场　两情缱绻

［数日后的夜晚。

［春莲扶病体坐在床上。

［季王氏端一碗米汤上。

季王氏　媳妇,这是老身为你熬的米汤,你趁热喝下去吧。

春　莲　谢谢婆婆。

季王氏　媳妇啊,你可要想开啊!

春　莲　婆婆放心。

季王氏　这就对了,熬着吧,总能熬到个出头之日。

春　莲　婆婆还有事吗?

季王氏　没有了。

春　莲　请婆婆回房歇息去吧。

季王氏　媳妇喝了汤，也早些歇了吧。

［季王氏退下。

春　莲　（起身掩门）

（唱）

费口舌将婆婆支到一边，

掩门户剔灯盏静坐床前。

头撞墙受重伤命悬一线，

多亏了锦衣公子他勤俯就，喂汤饭，

又嘘寒，又问暖，

夜半来，凌晨去，

使我这濒死的人儿又生还。

回想起每夜里柔情缱绻，

不由我心头撞鹿坐立不安。

因病体不堪就男欢女爱，

公子他善解人意举止谦谦。

今夜晚，

我点朱唇，匀粉面，

描柳眉，着新衫，

第十二场　两情缱绻

敛愁容,展笑颜,

将诸般烦扰抛脑后,

与多情公子赴巫山。

(白)

公子啊,你怎么还不来呀。

［季星官悄上至春莲身后。

季星官 娘子啊,我已经来了呀。

春　莲 冤家,你把我吓死了呀。

季星官 娘子莫怕。

［二人拥抱,四目相视,春莲羞涩,欲就又闪。

春　莲 公子,你去看看那房门闩好了没有啊?

季星官 闩好了呀。

春　莲 我那婆婆……

季星官 早就睡过去了。

春　莲 窗外是否有人偷听?

季星官 这深更半夜,哪里有人偷听呀。

春　莲 公子……

季星官 娘子……

春　莲 冤家……

季星官　春莲……

　　　　〔二人亲吻。

春　莲　（唱）

　　　　初被吻如电击身心震撼，

季星官　（唱）

　　　　如蜂儿采花蜜心口甘甜。

春　莲　（唱）

　　　　问公子你嫌不嫌我出身卑贱？

季星官　（唱）

　　　　你本是明月珠误投泥潭。

春　莲　（唱）

　　　　受君恩难为报愿将身献，

季星官　（唱）

　　　　与娘子共效那鱼水之欢。

春　莲　（唱）

　　　　待春莲摘下这头上钗簪，

季星官　（唱）

　　　　青丝发如乌云遮住双肩。

春　莲　你真的不嫌我是寡妇吗？

季星官　娘子,你我是原配的夫妻呀!

春　莲　(唱)

为郎君脱下这斑斓锦衣。

季星官　(唱)

为娘子解开这出嫁的红衫。

〔象征性的缠绵舞蹈。

〔二幕合上。

〔王婆到二幕前,做翻墙跌倒状。

王　婆　嗐,跌死老娘了!我道是怎么连县太爷家的公子也看不上呢,原来是养了小白脸儿。不过这真也奇了怪了,这窗合着,门关着,那个人,说来就来了,说走就走了。我听了这么多天墙根,也没听出个名堂来,难道真是那公鸡成精变人形?世界上真有这种事?哎呀,我这脊梁沟可是一阵阵发凉啊,鸡皮疙瘩都冒出来了。

(唱)

听墙根听得我,

酸溜溜儿,美滋滋儿,泪汪汪的,凉丝丝儿,

说不清心里是啥滋味儿。

嗐,管他是人还是鬼,

管他是妖还是魅。

他们两个滚床单儿,

我一溜小跑去报信。

先要他白银三十两,

再带他们来抓双对儿。

(白)

这事缺德不?缺!缺德怎么还要干呢?嗐,这不是为了赚银子嘛。难道就为了赚银子?嗐,这不是看人家相好吃醋吗?难道就因为吃醋?嗐,我干吗自己拷问自己?这世上比我坏的人多了去啦,大家不都假模假样有滋有味地活着吗?得了,报信去了。

〔二幕开。接前景。

春　莲　(唱)

与公子鸳鸯戏水并蒂莲,

心里头悲喜交集泪如涌泉。

季星官　(唱)

用舌尖舔去娘子腮边泪,

第十二场　两情缱绻　　135

再用那温存手把玉体抚遍。

春　　莲　（唱）

好似那久旱的禾苗春雨浇灌，

有这样一场梦虽死无憾。

季星官　（唱）

看似梦实非梦，亦真亦幻，

你我的好时光万万千千。

春　　莲　（唱）

怕只怕有一天被人看穿，

到那时就要丢人现眼。

春莲我破罐破摔随他们便，

只担心让公子受到牵连。

季星官　（唱）

我早已将生死置之度外，

为娘子我敢闯火海刀山。

伸双臂再将你拥抱入怀，

弹琵琶调玉筝再奏和弦。

春　　莲　（唱）

锦鸡鸣玉鸟唱千回百转，

耕白云播细雨情意缠绵。

我与你结下三生缘，

同船共渡登彼岸。

［遥远处传来一声鸡鸣。

季星官 （慌忙起身）娘子，我该走了。

春　莲 （搂住季）我不让你走。

季星官 我也舍不得娘子，但我必须走了。

春　莲 （哭泣）你为什么要走哇，难道是嫌弃奴家了吗？

季星官 （唱）

娘子是我掌中宝，

娘子是我小心肝儿。

千爱万爱爱不够，

怎会变心将你嫌？

春　莲 公子既然不嫌我，那就再陪我一会儿吧。

季星官 （心神不安地）好哇，我就再陪娘子一会儿。

［两人相拥，恋恋不舍。

［鸡鸣声又起。

季星官 娘子给我锦衣，我必须走了呀。

春　莲　既然你已将生死置之度外,还有什么可怕的呀!
季星官　娘子呀,有一些事情,比死还要可怕呀。
春　莲　(唱)
　　　　公子呀,你我相识已近月,
　　　　今夜又做同床欢。
　　　　你来无形影去无踪,
　　　　从不把身世对我谈。
　　　　难道你是阴间鬼,
　　　　或是妖精把人变?
季星官　(唱)
　　　　我若是妖精把人变,
　　　　娘子把我怎样办?
　　　　是请道士来抓妖,
　　　　还是将我捆绑去送官?
春　莲　(唱)
　　　　如果你是妖精变,
　　　　我先请道士设道坛,
　　　　门窗贴上抓妖符,

梁头高悬降妖剑。

道士把你镇压住,

再将你五花大绑去送官。

季星官 （唱）

听娘子一席话心惊胆战,

人与妖毕竟是远隔重山。

请娘子速速将锦衣还我,

从今后不再来招你厌烦。

春　莲 冤家呀!

（唱）

你对我柔情似水恩重如山,

你让我如生彩翼飞向云端。

纵然你是公鸡变,

我也陪你到百年。

［季星官与春莲相拥缠绵。

［媒婆带庄雄才等破门而入。

王　婆 左邻右舍,快来看哪!族长里正,快来管哪!

　　［季星官欲夺锦衣,但已被王豹等人擒住,难以挣脱。

庄雄才 （捶胸顿足）一棵小白菜,被猪给啃了,我痛苦啊!

王　豹 （旁白）也总比让你这头猪啃了好。

第十三场　公审奇案

　　［祠堂前，一堆柴火熊熊燃烧。
　　［春莲与季星官身上只穿轻薄内衣被捆绑在火堆前。
　　［知县身穿官服，装模作样地坐在案子后。
　　［庄雄才坐在知县身边。
　　［季王氏、媒婆与众百姓分列两侧。
　　［王豹等喽啰散布台上。
　　［众人交头接耳，低声议论。

庄雄才　（起身大喊）肃静！肃静！
王　豹　少爷，您坐着，这打场子的事儿那还用您啊？
庄雄才　我这不是情动于中，发泄于外吗？再说了，顺发盐铺出了这等丑闻,也让我盐务局声誉受损。又说了,我苦苦追求这春莲,她将我一片真情视为粪土,私下里竟跟这鸡精好上了,让我这堂堂的候补知县何等难堪!

王　豹　(旁白)他爹花了四百两银子给他捐了个候补知县,他竟拿着棒槌认起针(真)来了。

知　县　(故作威严地咳嗽一声,猛拍惊堂木)

蹊跷公鸡案,传遍高密县。

下乡设公堂,当众来审判。

(唱)

细观察,找破绽。

本县我,有明断。

审他个妖魔鬼怪原形现,

借着这乱世好升官。

庄雄才　爹,你要给我好好地审!

知　县　(用惊堂木猛拍桌子)季王氏!

季王氏　民妇在。

知　县　这个奸妇春莲,可是你家儿媳?

季王氏　家门不幸,出此贱人。

知　县　王媒婆上前答话。

王　婆　王婆在。

知　县　这门亲事可是你给说合的?

王　婆　是有这么档子事儿。为了说这媒,我跑细了腿,磨薄了嘴。可事成之后,这抠门老婆子,只用两钱银子就把我打发了。

季王氏　天地良心哪!

知　县　你明知季王氏之子已经亡故,为啥还要撮合这门婚事?

王　婆　我这不是可怜这老婆子一个人孤苦伶仃的,想找个人跟她做伴儿。再说了,春莲的爹是个大烟鬼子,把房顶上的檩条子都抽下来卖了。春莲不来季家守活寡,也得被她爹给卖到窑子里。

庄雄才　我说爹啊,你问这些干什么?你该问他们如何勾搭成奸啊!

知　县　凡事总有根梢,顺藤才好摸瓜。

庄雄才　那您就快点往下摸吧。

知　县　春莲,我来问你,新婚那日,你与何人拜堂成亲?

春　莲　（唱）

　　　　老爷您何必明知故问？

　　　　谁不知我与神鸡拜堂成亲。

知　县　你出嫁之前，是否知道要嫁给公鸡？

春　莲　（唱）

　　　　王媒婆她……说季公子留学在日本，

　　　　回国后即可封官阶七品。

庄雄才　（对王豹）你说这老糊涂，这瓜藤摸起来还没完了！

知　县　春莲，我来问你，如何与这男子勾搭成奸？

春　莲　我们不是奸夫奸妇，我们是恩爱夫妻。

知　县　没有媒妁，何来夫妻！

春　莲　（唱）

　　　　我们是天做媒地做妁，

　　　　两情相悦，两心相印，

　　　　恩恩爱爱做成了这一夜夫妻……

庄雄才　我的这心痛啊！

知　县　（问季星官）无耻男子，我来问你：你是何方人氏？姓甚名谁？如何与这女子勾搭成奸？从实招来。

庄雄才　从实招来！

季星官　姓季名京。

庄雄才　真是鸡精？

知　县　何方人氏？

季星官　天上仙班。

庄雄才　还真能忽悠！我看不动大刑是不行了。

知　县　大刑伺候！

春　莲　不许伤害我夫,春莲愿代他受刑。

庄雄才　这小娘们,还真是有情有义,我这心碎了呀！

季星官　(唱)

　　　我本是天上星宿降人间。

庄雄才　嘿,还真是个鸡精！

知　县　荒唐！

　　　(唱)

　　　鬼魅变化聊斋语,

　　　只有书呆才痴迷。

　　　既然你能变成人,

　　　肯定也能变回鸡。

　　　　　假如你能变回鸡,

　　　　　本县可以赦免你。

季星官　替我松绑。

知　县　松绑!

　　　　　［喽啰上前替季星官松绑。

　　　　　［季星官为春莲松绑。

　　　　　［季星官与春莲拥抱。

知　县　(猛拍惊堂木)成何体统!

庄雄才　把他们分开呀!

　　　　　［王豹等上前将季星官与春莲强行分开。

知　县　你这无耻奸夫,什么公鸡变人,人变公鸡,分明是一派胡言!你倒是变哪!

众喽啰　变哪!

季星官　还我锦衣。

　　　　　［一人上前将锦衣还给季星官。

季星官　(唱)

　　　　　只要将锦衣身上披,

　　　　　立即变化成公鸡。

众　人　变哪!

季星官 如果变化成鸡,你赦我无罪?

知　县 无罪!

季星官 她呢?

知　县 与人通奸,已是大罪;与鸡通奸,更是罪上加罪!

季星官 (唱)

想当初让我披红戴花拜天地,

春莲就是我的妻。

夫妻恩爱天经地义,

为什么要将她来处死?

春　莲 春莲不服!

(唱)

我与神鸡成婚配,

方圆百里人皆知。

神鸡即是我的夫,

季公子就是那神鸡。

我与公子同床睡,

合人性,顺天理。

谁要你们管闲事!

知　县　春莲此言，也有道理。季京若能变化成鸡，就判他投火而死，免得祸乱人间惹是生非。春莲嘛，鞭打四十，可以免死！如果不能变化成鸡，判你们双双投火而死。儿子，你看这样判如何？

庄雄才　我的心乱如麻，随你的便吧。

知　县　你既然有心当官，就要好好见习。

季星官　（唱）

既然知县做判词，

我即刻变化赴火死。

鞭打我妻无公理，

可怜她弱女子屡被人欺。

娘子啊，

我死后你要多保重，

不要垂泪犯相思。

等待金凤传捷报，

城头变换汉字旗。

我会夜夜来入你的梦，

再续鸳盟赴佳期。

春　莲　郎君啊！

（唱）

我不想苟且偷生让你变异类，

你且莫将锦衣身上披。

你是堂堂正正奇男子，

我与你心相印，情相依，

相爱相知，一夜良辰，

早胜人间千百日。

［夺过锦衣投入烈火。

［二人紧紧拥抱。

刘　四　（喊叫）他不是鸡精！他是季王氏的儿子季星官！

庄雄才　革命党？！

知　县　给我拿下！

［一喽啰匆匆奔上。

喽　啰　老爷，少爷，不好了，革命党攻进县衙了！

庄雄才　爹，我们中计了！快走！

［庄雄才等架着知县率众喽啰跑下。

季星官　乡亲们，革命啦！

［众随季星官追下。

第十四场　聚歼群丑

〔王豹等扶着知县和庄雄才,气喘吁吁、跌跌撞撞上场。

知　县　(喘息未定)这……这到底是咋回事儿?
王　豹　老爷,您还没看明白啊?他们演了一场公鸡变人的苦情戏,吸引了您和少爷的洋枪队,然后,县城里的革命党便乘虚攻进了县衙。
庄雄才　爹呀,咱们怎么办……
知　县　呸,都是你干的好事!带你的洋枪队,快快去把县衙夺回来。

〔呐喊声起,季星官手提一篮他自制的炸弹追上。

　　　　［群众追上。

王　豹　老爷,少爷,快跑吧!

　　　　［季星官投掷炸弹,洋枪队队员被炸翻。爆炸声可用锣声模拟。
　　　　［洋枪队队员射击。群众亦有伤亡。
　　　　［知县被炸死,众喽啰抬下。
　　　　［春莲带领公鸡追上,与庄雄才、王豹等迎头碰上。

王　豹　少爷,那鸡精追上来了。

春　莲　贼子慢走!

　　　　［公鸡踊跃上前。

庄雄才　妈了个巴子的,老子倒霉就倒在这只瘟鸡身上! 开枪,把这鸡精给我击毙!

　　　　［王豹等开枪。
　　　　［公鸡跃起,啄在庄雄才头顶。
　　　　［王豹等架着庄雄才逃下。
　　　　［季星官等与春莲会合。

季星官　娘子!

春　莲　(嗔怒)哪个是你的娘子?!

季星官 娘子……

春　莲 我是鸡精的娘子……你是革命党的首领……

　　　　［幕后喊杀声又起。

　　　　［众人追下。

庄雄才 我跑不动了……

王　豹 少爷,那公鸡又追上来了!

庄雄才 开枪啊! 你们不都是神枪手吗?

众喽啰 我们打兔子还行,没打过鸡。

庄雄才 呸! 白养了你们这群没用的东西! 快,抬着老爷跑。

王　豹 少爷,不用跑了。

庄雄才 为什么?

王　豹 县城的革命党杀出来了。

庄雄才 那就往北跑。

王　豹 北边也有革命党。

庄雄才 南边也有革命党。

王　豹 少爷聪明。

庄雄才 我看着你也像革命党。

王　豹 (将枪口顶在庄雄才的胸脯上)举起手来!

〔众喽啰愕然。

王　豹　弟兄们,大清朝完蛋了,识时务者为俊杰,咱们也革命了吧,到新政府里混个小官做!

众喽啰　(把枪扔在地上)革命了!

〔秦兴邦率领着一群人从舞台右侧上。

〔季星官率领着一群人从舞台左侧上。

〔众人押着庄雄才下。

尾　声

　　〔春莲与公鸡上场。极优美抒情、颇具魔幻色彩的人鸡共舞。

　　〔季星官上。追逐春莲,但总是像盲人一样,扑上去,就被春莲轻松地闪躲过……

　　〔用技术手段处理,使舞台上的鸡形与披着锦衣的季星官合二为一。

　　〔春莲与合二为一的锦衣人共舞。

幕后伴唱　　稀奇稀奇真稀奇,
　　　　　　　假戏唱多成真实。
　　　　　　　公鸡有情变成人,
　　　　　　　人若无情变公鸡。

想当年,看今世,

真真假假,假假真真,

多少副面孔,多少张画皮,

终究是悲欢离合人鬼难分一场戏。

凭谁问?有谁知?

何为真情?何为真谛?

何为真仁?何为真义?

这一个真字啊,写成了千篇文章万首诗。

——剧终

附 录

门外谈戏

——在高密戏曲创作座谈会上的漫谈

非常高兴在春节即将来临的时候,和各位文友见面。

我们高密市文化建设的现在和未来的构想,不是一人之力所能完成的,需要上下同心,群策群力。既要有市里领导的大力支持、财政方面的持续保障,又要有组织的落实。必须有一支创作的队伍,形成创作的氛围。目前这种散兵游勇的状态,要搞文化建设,显然是不行的。

这次回来一个多月了,本来是带了一点儿任务,想创作一点儿东西,结果是很难坐下来。一方面是大家的热情邀请,另一方面也是因为我自己非常积极地参与。我觉得应该借这个机会,对我们高密新的状况,做一种哪怕走马观花式的了解。这十几年来,高密的变化确实是令人震惊的,说天翻地覆是夸张了,但说我们的变化日新月异,则基本是准确的。昨天晚上,在孚日家纺举办的团拜会上,我即席作了一首顺口溜:"四宝三贤高密市,七龙八虎凤凰城,海市蜃楼非幻境,我影投射蓬莱东。""三贤"大家都知道,晏婴、郑玄、刘墉。"四宝"就是我们的泥塑、剪纸、扑灰年画,加上我们的茂腔。过去我们叫"三贤三绝",这个"绝",有一些负面的意思,改成"四宝"好,"三贤四宝"。什么是"七龙八虎"?就是说我们高密近几年经济的起飞,跟龙头企业是分不开的。我们现在已出现孚日家纺、豪迈科技、银鹰化纤等等一些著名的大型企业,像孚日家纺的员工已经有一万七千多名,豪迈的员工也已经过万,这要在以前的话,应该是副省级单位了吧?

在我们高密,十几年的时间就出现了这么大的、上了市的、产品行销全球的企业,说明人民当中蕴藏着无穷无尽的、巨大的创造力。我对豪迈科技这个企业比较关注。我五年前来的时候，它还是小工厂的状态，我五年后再去看它的时候，就发现它确实已经是一个大企业了，能让人感觉到工人阶级的那种顶天立地的豪迈的气概；那里面的设备都是最先进的，生产的产品也都是行销全球的硬碰硬的大家伙。我说"七龙八虎"，是希望我们高密市在未来的日子里，能够出现七个八个像孚日家纺、豪迈科技这样的大型企业，到那个时候高密的经济不仅仅在潍坊地区可以跃居前列，在山东省也会名列前茅。我们生产的产品科技含量高，像豪迈科技的好几种产品有世界专利。我们有"三贤四宝"，我们再出现"七龙八虎"，那么我们在文化和经济这两个方面，都可以当之无愧地成为全国名市。海市蜃楼其实并不是幻境，它是远方城市的投射，那么将来在蓬莱阁上望到的海市蜃楼，很可能就是我们高密市的投影。这就是我昨天那首打油诗的意思。

关于我们市的文化建设，在十七大召开以后的大好形势下，全市的上上下下，从我们的一把手，到下面的普通的老百姓，都非常热心，都非常有激情，文学艺术界的朋友们,更是跃跃欲试。我觉得每个人都憋着一股劲,都想为振兴高密的文化事业贡献自己的力量。在这样的情况下,我们应该怎么做?我们应该从哪个地方寻找突破点?怎么样真正地使高密的文化形成我们独特的风格,不是依靠别的力量,而是依靠艺术本身的力量,在全省、全国乃至在世界上造成影响。这是我们面临的非常大的也是非常困难的一个问题,当然一旦实现构想,一旦突破难关,那前景也非常辉煌。我跟市委领导也探讨过,我们的剪纸、泥塑、扑灰年画,这"三宝"当然令高密人骄傲,它有悠久的历史,曾经深入了千家万户,我们这个年纪的人小时候就是玩着泥老虎,玩着摇拉猴,拜着堂前挂的轴子,看着窗上贴的窗花长大的。在新的形势下,作为历史文化遗产,怎么焕发新的生命力,怎么样赋予它新的时代内容,怎么样才能让它适应今天这种形势,确实是难度非常大。全国不仅仅是高密有剪纸,河北啊,陕西啊,山西啊,包括南方的很多省市,也都有非常精美的剪纸。我去年在文化部中国艺术研究院参加了一个晚会,就有来自江苏的两个搞剪纸的硕士研究生,他们剪纸的艺术水准,我觉着超过我们高密剪纸的水平。剪纸、泥塑、扑灰年画在发展过程中,存在一个巨大的矛盾。如果要创新,赋予它们一些新的时代内容,那么它们必然要跟过去那种古朴的、简陋的、粗放的艺术状态产生一个矛盾。我们的泥塑,泥老虎、泥娃娃,我们这个年纪的人一看到这些东西,就想到我们的童年时期,想到了我们失去的青春岁月,想起了我们那时艰苦的生活,但如果要让年轻人,要让现在的孩子们喜欢这种东西,确实是难度比较大。现在有那么多好的、高科技的玩具,有那么多娱乐的方式,电影电视、卡拉OK、网络,你要把这些孩子吸引回来,让他来玩泥老虎,吹泥巴小鸡,让他来欣赏剪纸,我觉着无论怎么样的努力,都是事倍功半,我们的努力很可能付之流水。也就是说扑灰年画、剪纸、泥塑这"三宝"创新的余地,不是特别大。我记得在2003年的时候,中央电视台十频道来拍我的一个专题片,我们市的文化局局长带着我去姜庄考察过,也拍过一些镜头,发现一个老百姓家里,用泥塑做了一些断臂维纳斯,显得荒诞、滑稽、不伦不类,有点后现代的味道。

所以我想这不是一条出路。我们的"三宝"在目前的状况下,能够保持过去那种原始状态,作为艺术化石而存在,但要想赋予它新的内容,难度非常大。当然可以在继承传统,保持过去内容的基础上,增加、发展一些新的品种,但如何让这种古老的艺术表现当代的生活,我觉得需要认真考虑。

第四宝,我们的茂腔,去年被评为国家的第一批非物质文化遗产,这是令人振奋的消息,当时我也给文化局郭局长发了贺信。但要想让茂腔走向全国,要想让它成为高密的一张名片,目前这个状况是不能令人满意的。或者说,以茂腔目前这种现状,要想实现我们的艺术构想,要想达到我们追求的目标,还是有难度的。对茂腔我没有深入的研究,只是小时候听过茂腔的演唱。"文革"期间,我们每个村里都有业余的剧团演出,演《红灯记》《沙家浜》等样板戏,但是我想,这些剧目,实际上不能表现茂腔的特色。茂腔的传统剧,大家耳熟能详的像《罗衫记》《西京》《葡萄架》《双玉蝉》《王汉喜借年》《小姑贤》等,这些剧目大部分是从兄弟剧种移植过来的,属于我们茂腔原创的剧本几乎没有。有没有我们茂腔原创的剧本？《罗衫记》是吗？不是。现代戏《盼儿记》是原创,古典戏里边没有。"四大京""八大记",都不是。

我们如果认真地来研究一下这些传统剧本,就会发现问题确是很多。像茂腔这种小戏,从兄弟剧种那边移植剧目的时候,为了适应我们茂腔的特点,对人家的唱词做了大量的改动,增加了很多高密土话。这些高密土话的加入,加强了茂腔的地方色彩,也加强了乡土生活气息,更适合我们当地老百姓的口味,但是要让这样的东西走进艺术殿堂,会受到很大的局限。我觉得传统戏最大的问题,实际上就是剧本的问题。"文化大革命"前,毛主席批评京剧,说帝王将相、才子佳人统治了舞台,没有现代气息。别说是茂腔的剧本,即便是京剧的剧本,存在的问题也很多。第一就是思想性差。它宣扬的思想应该说是封建的、落后的,宣扬的是皇帝至尊无上,科举荣耀终生,然后就是善有善报、恶有恶报的轮回报应。这种思想境界较低,局限性很大。这种东西我想作为艺术的思想的化石,作为过去中国人的道德价值观念,当然可以让它存在，但是让它适应现代人需要，满足现代观众要求，是远远地不够了。

另外一点就是文学性差。文学性差实际上也不是茂腔剧本独有的问题，是所有剧种的问题。剧本里头很多唱词，是半通不通的。茂腔里有一种所谓的救命词是吧？"生产队长一声号，社员下地把动劳""扬鞭催马急急行，翻身跌下地流平"，就是为了押韵，颠倒词序，生造新词。而大量的唱词，实际上都是在重复啰唆，没有推动剧情的发展，多是诉苦调，痴心女子负心汉，从下蛋的母鸡数落到碗里干饭、身上棉衣。有时候唱词脱离了剧情，纯粹地渲染、炫技，你像《赵美蓉观灯》，它那一大段数百句的唱词，基本上是东拉西扯，语言炫技。当然老百姓觉得好，脍炙人口，但这一大段观灯的唱词，与剧情是游离的，或者说是它叉出一个大杈来，跟整个剧情没有关系。这出戏本来是悲情戏，是一个悲剧，加上这么一大段东西，实际上破坏了剧本的文学结构：第一，它不能表现人物的性格；第二，不能表现人物当时那种悲苦绝望的处境和心情，它纯粹变成了一种口头的宣泄，完全为了满足一种语言的快感。所以我想,尽管老百姓喜欢,尤其我们农村的老太太听了这个茄子灯啊,萝卜灯啊,感到很亲切,跟她赶大集一样,这里面把很多的东西,把很多历史掌故数落一遍,这是很多地方戏惯用的办法,但是我觉着这种东西在新的时代里面,显然是不能适应思想的、审美的要求。因此,我觉得茂腔要振兴,首先就是应从剧本上来突破。2007年我去韩国访问过三次,其中有两次,他们都带着我看了韩国的戏《乱打》。英文名为"Nanta",听起来意思像是疯狂地击打,打群架。《乱打》实际上是一场哑剧,表现了在一个厨房里面,为了准备一场宴会,几个厨师之间发生的一些故事。它利用了厨房里头各种各样的器具,锅碗瓢盆、啤酒桶、锅铲、勺子、扫帚、拖把,组织了一场打击乐表演,把各种各样的劳动,切菜啊,端炒瓢啊,全都舞蹈化,非常生动,非常幽默,没有一句台词,但是每个人都可以看得很懂,每个人都能从中得到艺术享受。另外它充分表现了韩国的特色,因为这是一个韩国的厨房,韩国的一帮年轻人,表现了韩国年轻人的思想情感。这么一场剧,在世界各地巡回演出了三百多场,去过美国百老汇,在国际上演出造成很大的影响,后来慢慢地变成了韩国的一张文化名片。外国的文化交流和文化考察团,来到韩国都要看《乱打》,各国的旅游团来到韩国,看《乱打》也成为旅游团一个固定的项目。这台戏向世界各国的人民传达了韩国现代艺术信息,也给韩国带来了巨大的经济收入——票价很贵,有三个班子轮流演出。我想,韩国这台戏也给我们一个启示,就是我们的茂腔能不能在近期内,就是在三五年内,打造这么一台具有高密特色,表现了高密文化特点的,表现我们高密历史现实的,当然也表现我们高密现代精神风貌的戏,让这么一台戏成为我们高密的一张名片,我们走出去,到北京,到上海,到济南,到外地演出。我们的眼光放得更加长远一点,随着高密进一步发展,随着我们进一步改革开放,我想会有更多外国朋友来到高密,除了让他们看我们的山水,让他们品尝我们的美食,欣赏我们的城市美景之外,还要让他们看一看我们的茂腔戏。我觉得这是我们奋斗的一个目标。

新中国成立后,"文革"前,应该说是我们高密茂腔的黄金时代,那个时候没有电视机,广播都很少,电影也很少。当时的茂腔剧团,每次下乡演出,都会造成很大轰动,每天下午吃过午饭以后,小孩都会搬着凳子去抢占座位。在张村演出,周围的王村、李村都会来看,明天挪到另外一个村庄去演,即便看过了依然再去看。当时茂腔演员在老百姓心目中,地位是非常高的。茂腔剧团著名的演员,即便在我们偏僻的高密东北乡,大人小孩也都能随口说出:焦桂英、高润滋、宋爱华、邓桂秀……这些人我们都非常地熟悉。"文革"前,大概六四年或六五年的时候,高密茂腔当时有一台新戏,叫《空花轿》。这个《空花轿》是我们的原创吗?欸,是从湖南花鼓戏移植的。当时这一台现代戏,我觉得它产生的效果,远远地超过《罗衫记》《铡美案》这些老戏。喜欢老戏的是老太太,她们愿意看,她们一边看一边流眼泪,整个剧情她们都十分清楚,就像我们现在看京剧一样。大部分京剧,我们都知道剧情,真正的戏迷都可以跟着演员往下唱,但是我们为什么还要往下看呢?这就是演员的魅力,演唱的魅力。演唱过程当中,每一个演员对角色、对唱腔的处理,对角色的演绎,都有独特的魅力,我们这个时候,不是在看剧情,我们是在看人,是在看演员。那么现代戏它就不一样了,我当时是一个十几岁的少年,我觉得《空花轿》要比老戏好看,因为它有新思想、新人物,表现了新生活,表现了新的价值观念跟旧的价值观念之间的冲突。戏里面有一个人物叫狗剩,狗剩镶着金牙,骑着自行车,戴着手表,我们管他叫"失慌"。哎呀,"失慌"得不轻,"失慌鬼子"来了。这个小伙子长得也漂亮,穿得也时髦,应该爱他,但是人家姑娘不爱他。在当时价值观念里边,这样的人是不好的,这样的人"失慌",虚浮张狂不牢靠,姑娘们喜欢那种朴实的、能干的、热爱劳动的,大爷大娘们也喜欢这样的人。所以我觉得这台戏是一台轻喜剧,非常快乐,非常幽默,也传达了当时社会的道德和价值观念,真正发挥了寓教于乐的作用。因此说,我觉得现代戏还是有广阔的前景,并不是说一演现代戏就没有市场了,就抛弃了老观众,就无法使我们传统的表演形式得到保存和展现了。

"文革"前,河南的豫剧《朝阳沟》也是一个十分成功的例子。《朝阳沟》的唱段也可以说到了家喻户晓的程度,很多人,即便我们山东人,高密的人,也会唱其中的一些段落。昨天晚上,吴建民书记就唱了《朝阳沟》中"我坚决在农村干它一百年"这个段子。现在我们回头来看《朝阳沟》,会感觉到不满足,那个时候的人的道德观念,那个时候人的思想风貌,与现在年轻人的想法肯定有距离。为什么我们还是愿意看这些剧,就是因为戏里头有优美的唱腔,有非常鲜明的人物性格。因此,我觉得我们茂腔戏,这种文学方面的、剧本方面的创造,实际上也是两条路。一条是老戏新唱,像《罗衫记》这种东西,当然可以作为我们的保留剧目,来满足一些茂腔老观众的需要。我们茂腔在上世纪五十年代、六十年代培养起来的老观众,他们听到老的经典剧目,听到那种唱腔、旋律,会想到他们过去的青春岁月,因此这些传统剧目可以保留。但是我觉得更应该老戏新编。老戏新编就是为了改变过去的老剧本那种思想落后、艺术粗糙、文学性差的状况。我们要吸收八十年代以来,我们戏曲改革的很多成功的经验。像京剧团的《宰相刘罗锅》《曹操与杨修》这两部戏,应该是八十年代以来,戏曲改革的成功的范例,不仅仅在艺术界造成了巨大影响,而且赢得了成千上万观众的喜爱。有了这两条,它就带来了巨大的经济效益。《曹操与杨修》《宰相刘罗锅》,它们每次在上海演出,都是一票难求。创、编、演一台新戏,刚开始当然需要财政方面的支持,它要有非常华美的舞美设计,它要有非常漂亮的既现代又传统的服装设计,在创作剧本、设计唱腔、配置乐队方面,都要投资,需要经过长期的探讨和磨合,但它一旦变成一个成功剧目推出之后,实际上就变成一棵摇钱树,它会很快地把你付出的挣回来。我觉得要编一台新的历史剧的话,就应该学习京剧团的《宰相刘罗锅》《曹操与杨修》这种成功的经验。如果我们找到他们的剧本,认真地研究一下,就会发现他们确实改变了过去历史剧当中那种陈旧的、落后的帝王思想和腐朽观念,把着重点放在对人物性格的开掘和塑造上。它不仅仅在讲一个故事,它的着重点放在塑造人物、刻画人性上,它能够通过这个事件,表现出剧中人物那种复杂的精神活动,不仅仅是人与人之间的激烈的矛盾冲突,它更加表现出了人内心深处的自我的矛盾冲突。旧戏里也有杰作,如《牡丹亭》《西厢记》《赵氏孤儿》《李逵负荆》等,通过揭示人物内心矛盾,塑造了典型形象。外部的矛盾只能造成一种紧张的戏剧氛围,但内部的矛盾冲突,却可以打动人心。

《赵氏孤儿》围绕着搜孤救孤,人物面临着痛苦抉择、激烈的内心冲突,最后舍弃了自己的儿子,保护了忠臣的儿子,然后又蒙受了巨大的委屈、误解。这个戏非常经典,西方对《赵氏孤儿》的评价,认为不亚于莎士比亚的《哈姆雷特》。所以我觉得,如果我们茂腔要创作历史题材的剧目,应该向着这个方向来努力。我们要塑造一个能够在舞台上立起来的,能够让每个人看了以后灵魂受到震撼的这么一个人物形象,或者几个人物形象。当然也可以走喜剧的道路,八十年代以后的很多地方戏,在这方面做了非常成功的探索,像河南豫剧大师牛得草主演的《七品芝麻官》,最早的时候叫《唐知县审诰命》,还有京剧《徐九经升官记》,新编的戏。这两个戏都表现了七品芝麻官,都以丑角作为戏剧的主要人物,表现得非常好,能够牢牢地抓住观众;除了演员表演得精彩,剧本提供给演员表现的空间,也是非常广阔的。实际上徐九经他也面临着一个巨大矛盾冲突,他灵魂深处有两个徐九经在斗争:你是想升官发财、飞黄腾达呢?还是想恢复到过去那样的不受人器重的状态?或者锒铛入狱,摘掉乌纱帽,甚至还带来杀身之祸?我记得它拍成电影的时候,采用了一种特技手段,让画面上有两个徐九经在争斗。它还有一些经典的唱段,关于做官的官经,大家可以找来看一下。它实际上也是充满喜剧色彩的悲剧,小丑的很多行为、很多表现,令人发笑,包括他形体的动作、他唱腔的设计,但它的内核里边,还是一部非常严肃的关于人的命运的剧,表现的还是人物的内心冲突和情感。

当年我创作的话剧《霸王别姬》上演时,我曾经说过:"所谓历史剧,实际上都是在表现现代人的思想,如果一部历史剧不能引起人们对当下生活的联想,就不能引起观众的感情共鸣,因之也不会成功。"像这种戏,实际上都是在影射现实。

我觉得我们的历史戏就应该从这方面来入手,而且要选择我们高密的素材。前天跟一位市领导谈过,我们高密的历史人物当中,晏婴可以编成一部戏。晏子使楚不辱使命,人人皆知。我们五十年代初小学课本里边,就有这个故事。我们中学课本里边,我们的历史书里边,都有晏子的故事。晏子是我们高密的先贤,晏子的事迹不仅仅是使楚这一点点,还有很多事迹。有一本书叫《晏子春秋》,尽管很多人怀疑是后人的伪作,但是我们不管它,我觉得应该把晏子的故事作为创作我们高密茂腔新剧本的一个选题,我们可以去调查、收集晏子的事迹,然后再在所掌握的史料和传说的基础上,加以剪裁,我们可以大胆地虚构,我们可以把他丰富化。晏子给我们的印象是个子很矮,长相也比较丑陋,总之不是那种仪表堂堂的人,他是像刘罗锅、歪脖子徐九经这样的一种人。但这样的一个人却是一代名相,他的灵魂非常博大,他的谈锋非常锐利,他的反应非常快,学识非常渊博,而且富有斗争经验。这样一个人代表齐国出使楚国,那么机智的反应,斗争有理、有力、有节,确实给我们提供了非常好的创作素材、非常广阔的艺术探索空间。当然我们也可以给他一点喜剧的色彩,包括晏子跟他车夫的谈话等等。晏子的素材我掌握得不够全面,现在提出这个人物,供我们在座文友思考。假如我们今年或者明年,成立一个小班子,写历史题材的戏,这是一个可以考虑的素材。刘罗锅,刘墉刘大人,尽管是高密人,但因为有了京剧《宰相刘罗锅》,有了电视剧《宰相刘罗锅》,我们也很难超过人家,所以不写他了。郑玄也是我们高密人,大儒,硕学郑司农,遍注六经。这么一个人物怎么表现他呢?难度比较大。我们在《三国演义》上读到郑玄跟着经学大师马融学习,马融这个人比较风流,在当时也是比较另类的一个先生,他在讲课的时候,帐后美女列队,但郑玄目不斜视,认真学习。我觉着可以沿着这个情节,次第展开,再详细地考察一下当时历史文化的背景,也可以搞出蛮有意思的戏来。

另外,我想写历史剧这一块儿,其实并不完全局限于我们高密籍人物,当然我们高密的人物最好,其他像诸城的人物、寿光的人物,都可以拿过来,作为我们的素材。郑板桥在潍县,苏东坡在诸城创作了那么多传世名作,这都可以作为历史剧的素材。还有李清照,尽管有以她为素材的京剧、电影,但李清照的戏我想可以继续写。李清照在诸城住过十几年。除了我们高密之外,在我们潍坊地区,在我们山东省还是有很多的历史素材,可以供我们选。我们也可以移植,实际上我们也可以张冠李戴。我们进行一些严肃的政治经济活动的时候,不可以张冠李戴,但是编写历史剧的时候,可以张冠李戴。比如电视剧《宰相刘罗锅》,实际上它把很多现代的事情,发生在别的人身上的事情,都移植过去了。后来的一系列的戏说,像康熙、雍正、乾隆这些戏,实际上都把发生在中国和外国宫廷里的事,移植过来了。所以我觉得不要太拘谨,不要作茧自缚。我们是艺术创作,这个人物不过是原型而已。说句难听的话,可以大胆地编造。当然我们不能编得太离谱。我们不能把现代人的一些行为和思想,挪到故事里去,编的一些东西还要符合当时的那种历史背景,或者说当时人的思想活动方式。

另外一条路,就是应该写现代戏。戏曲改革的根本出路,实际上还是靠现代戏。尽管"文化大革命"

前,我们为了把帝王将相、才子佳人从舞台上赶下去,做了巨大的努力,也达到了这个目的。但是后来呢?我想事实证明搞一刀切,完全把这种历史戏消灭掉,是不科学的,那八部样板戏也满足不了这么多中国人的需要。历史戏可以保留,但是我认为,我们的戏曲改革,必须把现实生活表现进去,否则就是一种古老的艺术形式演古老的事情,就跟整个的当代生活、当代社会脱节。任何一门艺术一旦跟当代生活严重脱节,那么这种东西就变成了化石,它就没有生命了,因为它已经跟老百姓的生活不发生任何联系了,也就难以跟当下的人心发生联系;艺术如果不能感动人心,那么它自然就会死掉。所以,写现代戏是必然的。

现代戏怎么写,也确实是个问题。我九十年代回来的时候,茂腔剧团在排一部名叫《根的呼唤》的戏。这个剧本我看过,我提出了很多的修改意见,但他们一条也没有接受。这个戏是为了配合当时的整党运动而写,试图塑造一个一心为人民的、立党为公的好干部形象,但因为很多情节太假,脱离真实生活,所以演员演得假,观众看着更假。我觉着这个戏从艺术角度上衡量是失败的。我们现在要写戏,要振兴茂腔,不要目光短浅,我们不要把政治跟艺术捆绑得那么死、那么牢。当然任何一种艺术,无论是诗歌、小说,还是戏曲,它确实难以跟政治完全脱离关系,因为你想表现时代,时代就是跟政治密切相关的。你要表现当代的生活,你当然也难以摆脱政治的影响。但是我想说《根的呼唤》这样主题非常明确、配合形势的创作,是违背了创作规律的,这样写出来的东西很难成为精品。尽管可以得奖,尽管在当时造成很大的动静,搞得热火朝天的,但是过上那么几年,就没多少价值了。写茂腔现代戏,我们就应吸取《根的呼唤》的教训。我那天当着市委书记的面说:新编茂腔戏,不仅仅是给你书记看的,当然你可以成为我们的一个观众,就像你看《朝阳沟》,看《四进士》,看《红灯记》一样。你是我们一个观众,但是我们不是为你写戏,我们也不为其他的领导写戏。我们是为广大的观众写戏,为人民群众写戏。有了这个前提,我们就可以放开手脚。第一,写这个戏可以以高密的事件作为素材。但我们不要受这个事件的束缚,比如书记提到是不是可以以高密除氟改水作为我们茂腔新戏的一个素材,我觉得当然可以。除氟改水这个事件是高密的,但是我们在剧里边塑造的人物,他就应该属于艺术,他是属于这个故事的,他并不仅仅属于高密。我们在这个戏里边,当然可以塑造一个市委书记、一个市长,或者塑造一个乡镇的党委书记,一个正面人物形象,我们当然可以从市委领导身上,或者其他人的身上,吸收一些细节,作为我们塑造人物的需要。但是我们这个人物写的不是高密的书记,也不是高密的市长,我们塑造的是一个典型人物,这个典型人物身上,集中体现了党的干部的优秀品质。但他既然作为一个人,就不可能像我们过去那八部样板戏里的人物那样,是高大的、完美的、没有任何缺陷的。一个人他是要有个性的、有特点的,他得有他非常令人钦佩的一面,他有他的高风亮节,但他身上也有作为一个普通人的一面,他也有他的喜怒哀乐,他也有他的家庭,有他的亲属,有他的公与私的矛盾,有他的感情跟社会现实之间的矛盾,所以我觉得我们就是应该把艺术,把塑造人物放到第一位。在座的肯定有写过剧本、写过小说的同行,大家也都知道,我们要设置尖锐的戏剧冲突;戏剧必须有矛盾,必须有冲突。我想第一场戏就应该把矛盾呈现出来,有各种各样的矛盾:有人跟自然的矛盾、人跟人之间的矛盾;有老百姓跟官员之间的矛盾、官员跟官员之间的矛盾;也有人自身内部的矛盾,他的这种善的、美的、正义的东西,跟他的私欲,跟他作为凡人的七情六欲之间的矛盾。我觉得一开始就把人物放在矛盾的风口浪尖上来展示。那么这个戏怎么写?就是要把我们高密茂腔的特点,把我们高密的历史现实,通过这个戏表现出来。我觉得这需要我们大家群策群力,我们大家来共同商量。所以这就涉及一个问题,我觉着就是应该,怎么说呢,首先要有财政的支持。既然我们要振兴茂腔,就不应该让我们的茂腔剧院自生自灭,我们政府在财政上,应该给予大力的支持,保证我们的主创人员能够集中精力地进行艺术的思维和创作。另外,我觉得要有组织落实。组织落实就是说我们现在这种剧本创作,职业的编剧,靠一个人的力量在短期内写出一个很成熟的剧本,难度确实很大,是不是可以有一个短期的,哪怕是一两年的,由我们这些有创作热情、创作基础的同志组成的,三五人的创作小组?别的单位是不是可以借调出来?前几天晚上,我也跟市里领导探讨过这个问题,他很赞同。我们有这么一个小班子,然后确定几个选题,比如说晏婴的戏、除氟改水的戏,或是拆迁、钉子户的戏,或者是刘连仁的戏,我们商量,看看哪个最可行,哪个最具操作性,然后,集中起来,用现在北京流行的一句话说,叫"侃剧本"。像一个电视剧,实际上我觉得很重要的就是策划。十个人八个人,坐在一块儿,侃他十天半个月,一稿不行再推翻,就是你一嘴,他一嘴,你可以给我否定,我可以给你否定,最后把一个大概的剧情的梗概侃出来。然后我们再来分场,因为戏剧相对长篇小说的写作,还是比较简单,它确实具备集体操作性,小说、诗歌这个集体创作难度太大了,是吧?但是剧本呢,我们成功的经验很多,组织一个创作组,当然里边有主笔,大家集思广益,先侃剧本,然后一步一步地分场,写完了再讨论。总而言之,先把剧本弄好,弄好剧本以后,我们再进入其他后续操作。

有了好剧本仅仅是个基础,接下来就是一个演员的问题,好演员跟好剧本是相辅相成的。有时候好剧本可以捧红一个演员,但这个演员必须具有好演员的素质,如果一个好剧本,落到一个一般演员手里边,他表现不出剧本所包含的东西来,这个剧本也就演砸了。假如这个演员有一流演员的素质,但一直没有碰到好本子,这个演员就像千里马拉盐车一样,也就糟蹋了。有了好剧本,然后再有好的演员,好演员跟好剧本就比翼齐飞了。我们高密茂腔,因为社会变革,演员队伍处于青黄不接的状态。孙红菊唱得当然很好,可孙红菊之后大概是后继无人,或者后继乏人,是吧?孙红菊四十多岁了,正当盛年,好好演的话还能再演十年戏,但是目前这个状态,让她演小花旦,演年轻一点的青衣,已经有一点点不太对了。所以我觉得我们的演员队伍现在确实处在一个非常困难的状态,我们的主要演员能够上台的、能够站得住的,也就那么几个人。作为一个剧团,如果没有十几个或者五六个台柱子演员,各个行当没有代表性的人物,再好的剧本也难演好,一流的剧本很可能演出二流的剧目来。我们的男演员,好像是基本没有了,是吧?年轻人更少,有几个可能都五六十岁了。你让一个五六十岁的人上去演二十岁的年轻人,就不对了。尽管扮相可以年轻,可你再怎么扮,身体已经老了,身上没有了,或者说心有余而力不足了。他还想努力地表现出那个样子来,但是他身体已经跟不上他那个意念了。所以说从手眼身法步上,一看就知道是什么样的演员,什么年纪的演员。在目前这个状况下,我觉得紧迫的一个问题是培养演员。昨天晚上我们看到来自河崖镇的那个小女孩上台演唱茂腔,那个小女孩就是个很好的苗子,这个小孩如果我们把她招进来,进行传帮带,三两年就可以上台,七八年后就可以当顶梁柱。所以当务之急,还是赶快培养年轻演员,从娃娃抓起。一个救急的办法就是从现在二十来岁的年轻人当中选拔一下,看看有没有这方面有很好潜质的人,进行短期的培训,快速上台。但这个即便有,马上上台可以,让他一下子进入炉火纯青的状态是做不到的,演员必须有童子功,无论是京剧,还是别的剧种。我们的茂腔可能要求低一点,但也是要从小培养,他要身上有、嗓子有、扮相有,有这方面才华,再经过刻苦的、从小的锻炼,才能成才。一个剧种,不仅仅要有唱功好的,还要有武场,还要有翻跟头的。那么,这些演员的培养,应该是一个长期的规划,我觉得从现在开始下决心,资金到位,组织落实,有远大计划和理想,三五年就可以弄出戏来了,但是要达到辉煌的程度,进入我们全盛的时期,大概需要十年的时间。

所以不管怎么样,我们第一步先从剧本着手,我们先有了戏,然后我们再慢慢地选演员。昨天我也跟那个小演员讲了两句。我跟她说:"你现在不要光看茂腔,不要光看茂腔的VCD,也不要光学茂腔,要看京剧,看黄梅戏,看河北梆子,看河南豫剧,看上海、浙江的越剧,要广泛地涉猎别的剧种。"因为茂腔也跟高密的"三宝"一样,面临着继承传统和创新的问题,我觉得继承传统最根本的目的,还是要创新。尤其是我们的戏剧,舞台表演艺术,如果我们仅仅要满足那些老观众的需要,那我们不要任何的创新,我们越是原汁原味,越能赢得老观众的欢心,京剧也是这样,其他的剧种也是这样。我们现在七八十岁的老观众,看见焦桂英上来,那么土腔土味一喝咧,大家喝彩,原汁原味的茂腔来了,听着过瘾啊,舒坦啊。但是光靠这个肯定不行,我想茂腔将来真正面对的观众,不是这批老观众,这批老观众会慢慢随着时间和岁月消失。如果我们不能培养起年轻的、新的观众队伍,这个戏还是没有出路。京剧实际上是我们的国剧,从九十年代开始,领导非常关注,为了纪念徽班进京二百周年,以天津京剧团作为一个核心阵地,掀起了一个振兴京剧的高潮。当然,后来也办了一个戏剧的研究生班,这几年的努力,还是大见成效的。大见成效一个重要手段就是和电视联姻。戏曲之所以萎缩,是受到了电视的巨大冲击,现在京剧和其他的剧种振兴,恰恰是"化敌为友",他们意识到现代传媒不可抵抗的力量,它是真正地深入千家万户的,那么戏曲就跟电视联姻。中央台有十一频道,河南有《梨园春》。河南《梨园春》是首开先例,非常成功,现在变成了一个全国电视行当知名的金牌栏目,广告应接不暇。由于它有巨大的号召力,就带动了一个群众性的戏剧运动。你看看河南《梨园春》那帮年轻的小孩,三岁五岁的,一个个字正腔圆,声情并茂,什么样的力量啊? 就在于《梨园春》这个金牌的栏目,通过电视媒体产生了一种巨大的感召力。当然也有其他手段,它有擂台赛,有物质刺激,年度金奖获得者当场就可以开一辆轿车回家。但是我想这种物质的刺激,它是一个原因,但不是主要原因,因为一旦形成一种氛围以后,它就会焕发人们心中沉睡日久的对戏剧的、对艺术的热情。人听戏和唱戏,说句难听的话,像抽烟一样,他要有瘾头,一旦上瘾以后,那就没有办法了。以前在农村我也听过戏迷的故事:儿媳妇是戏迷,老公公也是戏迷,老公公和儿媳妇,烧着火贴饼子,外边锣鼓家什一响,儿媳妇把饼子贴到了公公的额头上了。然后,抱着孩子去听戏,跑到地里摔了一跤,爬起来抱起孩子继续跑,跑到戏台前坐下,解开怀喂孩子吃奶,低头一看,怀里抱着一个方瓜。急忙跑到方瓜地里去找孩子,一看方瓜地里一个枕头。抱起枕头跑回家,一看孩子还在炕上睡觉呢。这当然是夸张的笑话。戏曲,确实有令人入迷的东西,它会让人上瘾,让你终生难以摆脱。我觉得《梨园春》就用这样一种方式,刺激了河南人的戏曲热情。

你们家的小孩上台表演,电视上全国都能看到,而且这个《梨园春》去过澳大利亚,去过南美洲,去过欧洲演出,多么风光。很多小孩在舞台上,真是表演得好,大家都赞不绝口,台上台下,人们心里头这种巨大的愉悦,也刺激了其他的家长,你们家的小孩能唱,我们家的小孩也可以唱啊。这就跟我们打乒乓球一样。中国为什么出现了那么多的世界冠军?为什么一个中国的二流的乒乓球运动员,被国家队淘汰的都可以到别的国家当教练,当主力队员?就在于它有广泛的群众基础,有了群众基础,就形成了一个宝塔。河南就在于形成了广泛的群众戏曲运动,在这么一个群众基础之上,人才埋没不了。我相信在我们高密市,在我们每一个乡镇里边,都有戏曲天才,这些天才得不到开发就埋没了,一旦被发现了,经过培养他就可以成才,所以我觉着我们可以吸收河南《梨园春》的成功经验。我们也可以借鉴中央台十一频道的经验,让高密市的电视,这个现代的媒体,为振兴茂腔积极配合,把茂腔普及到千家万户,掀起一个学茂腔、唱茂腔、编茂腔的小小的高潮来。一旦人们都关注这个事情了,他自然就要看,群众基础有了,爱好者多了,人才也就慢慢地涌现出来了。一个演员无论他多有才华,唱得多么美妙动听,他在舞台上表现得多么生龙活虎,假如没有观众,那他也没有意义了,他就改行了;假如他每一场爆满,台下一片喝彩,走在大街上被人一眼认出来,"哎呀谁谁来了",那么我想这个演员的艺术才华,就可能得到加倍的发挥。

总之,我们的茂腔要振兴,难度的确很大,但我想通过大家的共同努力,假以时日,我们一定能创排出新戏好戏,茂腔肯定会产生更大影响,甚至再造辉煌。

我先说这么多,东拉西扯,门外谈戏,仅供大家参考。

莫 言

2008年2月2日

一本书打开一个世界

欢迎订购、合作
订购电话：0571-85153371
服务热线：0571-85152727

莫言读书会　　KEY-可以文化　　浙江文艺出版社　　京东自营店

关注 KEY-可以文化、浙江文艺出版社公众号，
及浙江文艺出版社京东自营店，随时获取最新图书资讯，
享受最优购书福利以及意想不到的作家惊喜

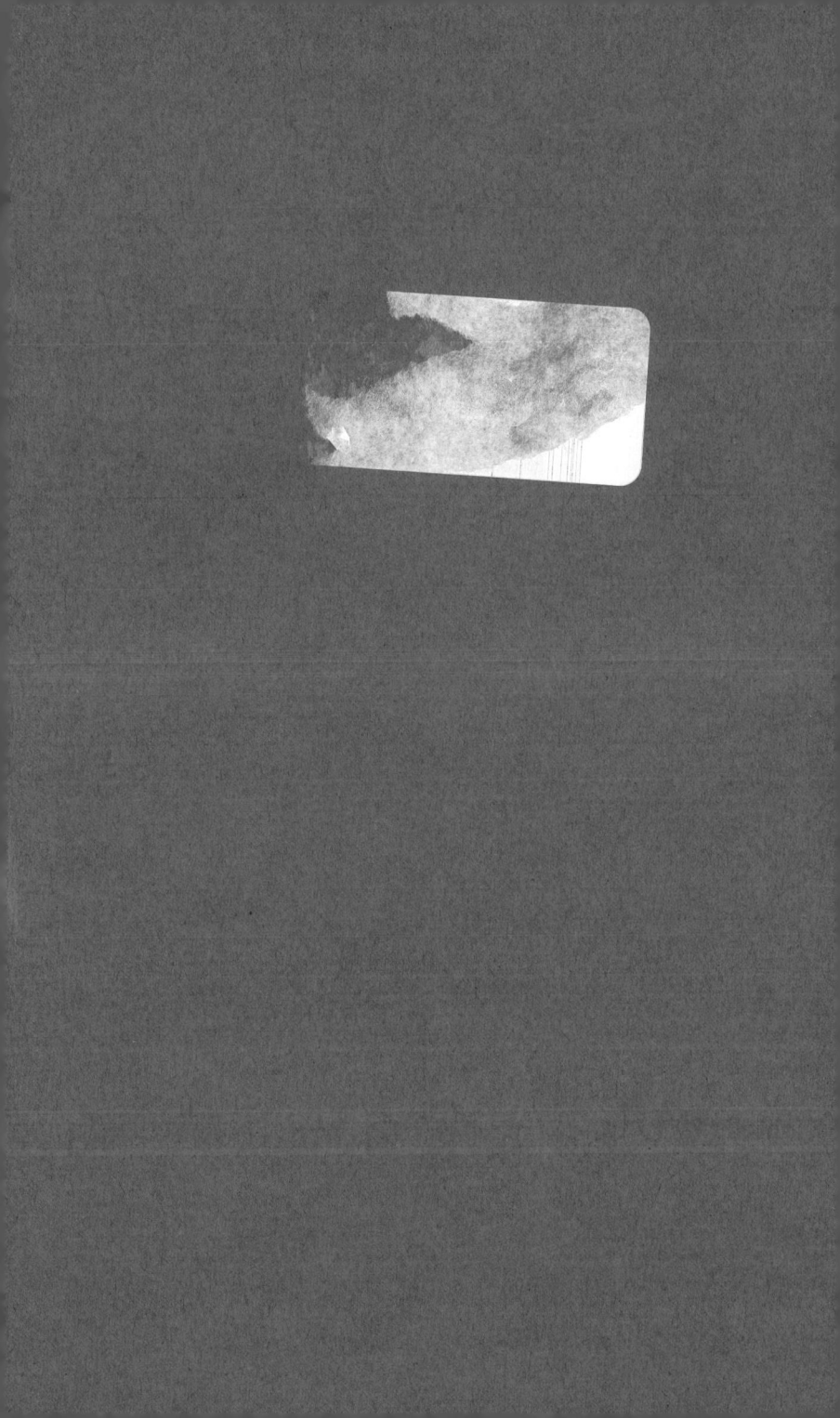

诺贝尔文学奖得主
莫言剧作

The Aroma of Wine

M O   Y A N

图书在版编目(CIP)数据

酒香/莫言著.—杭州：浙江文艺出版社,2024.6(2024.8重印)
ISBN 978-7-5339-7550-0

Ⅰ.①酒… Ⅱ.①莫… Ⅲ.①剧本-作品综合集-中国-当代 Ⅳ.①I230

中国国家版本馆 CIP 数据核字(2024)第 059366 号

策划统筹	曹元勇
责任编辑	王希铭
营销编辑	耿德加　胡凤凡
责任印制	吴春娟　睢静静
封面设计	人马艺术设计·储平
插页设计	吴　瑕

酒香

莫　言　著

出版发行	浙江文艺出版社
地　　址	杭州市环城北路 177 号
邮　　编	310003
电　　话	0571-85176953(总编办)
	0571-85152727(市场部)
印　　刷	上海盛通时代印刷有限公司
开　　本	850 毫米×1120 毫米　1/32
字　　数	90 千字
印　　张	6.5
插　　页	4
版　　次	2024 年 6 月第 1 版
印　　次	2024 年 8 月第 3 次印刷
书　　号	ISBN 978-7-5339-7550-0
定　　价	58.00 元(精装)

版权所有　侵权必究

高粱酒

作者书法

高粱美酒紫金箍 统一方孤
土匪情长姐妹痛饮此生
死兇女英雄在家乡
已没痛孔高粱种副三稿草
诗以庆之 辛卯腊月十六莫言

题《高粱酒》

高粱美酒紫金觞,一方水土寄情长。
悲歌痛饮忘生死,儿女英雄在我乡。

今改编《红高粱》歌剧三稿毕,诗以庆之

癸卯腊月十六 莫言

作者书法

一世高邪勢凡九霄檀乐声
嚣氛弥漫绕岳峰上铄山河
好凭玉笛声浪如潮
欲剷楼台荆棘演乞武钊
庭句以纪念 癸卯春居 真言

题《檀香刑》

一曲高歌动九霄,檀香郁勃气缭绕。
兴叹当今山河好,谁知当年泪如潮。

歌剧《檀香刑》上演七载,抄旧句以纪念

癸卯岁尾 莫言

目　录

高粱酒

剧中人物 / 003

序　幕 / 005

第一场 / 007

第二场 / 017

第三场 / 027

第四场 / 041

第五场 / 049

第六场 / 057

第七场 / 063

第八场 / 071

第九场 / 077

第十场 / 083

第十一场 / 089

檀香刑

剧中人物 / 097

序　幕 / 099

第一幕 / 105

第二幕 / 115

第三幕 / 127

第四幕 / 137

尾　声 / 151

附　录

《高粱酒》改编后记 / 155

门外谈戏 / 161

高粱酒

剧 中 人 物

九　儿——大名戴凤莲。先嫁给聚元酒庄掌柜单扁郎,后与余占鳌同居。敢爱敢恨,性如烈酒。心有灵窍,能随机应变。

余占鳌——轿夫头,九儿实际的丈夫。身体强壮,性格鲁莽,无视法规,不惧生死。

刘罗汉——单家聚元酒庄领头伙计,暗恋九儿。忠厚老实,善良懦弱,但在大义面前,能脱胎换骨,凤凰涅槃,显示出灿烂的人性光辉与无畏的牺牲精神。

凤　仙——与九儿、余占鳌、刘罗汉是青梅竹马的少年伙伴,后嫁给单扁郎的儿子,寡居,暗恋刘罗汉。最后,手提酒坛冲敌阵,壮烈牺牲。

单扁郎——聚元酒庄掌柜,肺痨病患者,心机缜密。儿死后,为传宗接代,娶九儿为妻。

戴老三——九儿父亲,酒鬼。

孙　虎——酒庄伙计。

小　马——酒庄伙计。

龟　尾——日本军曹,通晓汉语。

伪军甲——伪军士兵,人称老贾。

伪军乙——伪军士兵,人称小苟。

日军军官、翻译官、日本兵数人,伪军数人,轿夫、伙计、吹鼓手等群众若干人。

少年时代的九儿、凤仙、刘罗汉、余占鳌。

序　幕

　　［悠扬的地方戏曲旋律中，大幕拉开。
　　［单家聚元酒庄曲房。地上整齐排列着踩曲所用的木格子，舞台一侧摆放着盛粮食的麻袋等物。

童声旁白　高密东北乡的红高粱怎样变成了香气馥郁，饮后有蜂蜜一样的甘甜回味，醉后不损伤大脑细胞的高粱酒？母亲曾经告诉我，那是因为我家的酒曲，是童男童女用鲜花汁液浸泡过的小脚丫儿踩成……

　　［童年时的余占鳌、刘罗汉、九儿、凤仙欢叫着赤脚跑上舞台。男孩穿着短裤，戴着绣花兜

肚,女孩穿着绣花衣裤。他们跳到踩曲木格上,边踩边唱。他们的踩曲动作是高度舞蹈化了的。起初各踩各的,然后便追逐着、跳跃着,互换位置。看起来不像劳动,而像玩游戏。

童声旁白 （数板）

五月端午,洗脚踩曲。谁来踩曲,童男童女。小麦是肉,大麦是骨,菊花为皮,玫瑰为肤。

五月端阳,新麦上场。麦粒饱满,可当曲粮。粮好曲好,曲好酒香。

踩曲踩曲,唱歌跳舞。踩曲踩曲,你追我逐。踩曲踩曲,敲锣打鼓。踩曲踩曲,平安幸福……

第一场

〔中秋时节,阳光明艳,高粱如火,田野如画。舞台两侧有可以自由移动的红高粱道具。

幕后男女声 泼酒,起轿!

九 儿 (幕后高唱)

红高粱似火炬熊熊燃烧——

〔刘罗汉鸣锣开道。吹鼓手齐奏乐器,大号长鸣。

〔两个壮汉抬着一个大酒坛子跟随在吹鼓手后。

〔酒坛后,单扁郎的寡媳凤仙手持酒瓢,从坛中舀酒,向四周泼洒着。

〔吹鼓手、迎亲花轿登场。

九　儿　（唱）

　　　　高粱酒气味浓烈点火就着。

　　　　恨爹爹贪图钱财把女儿卖，

　　　　逼我嫁单扁郎白发病痨。

　　　　我与那余占鳌从小要好，

　　　　他竟然领头来抬花轿。

　　　　刘罗汉本是单家伙计，

　　　　他面色沉重鸣锣开道。

　　　　凤仙姐本是单家寡媳，

　　　　她在那花轿前泼酒抡瓢。

　　　（白）

　　　　好好好，踩曲的伙伴全来了！

　　　（唱）

　　　　单扁郎比我爹还大三岁，

　　　　今后的苦岁月怎生煎熬？

　　　（白）

　　　　罢罢罢！

　　　（唱）

　　　　大不了拼一个鱼死网破——

（白）

老爹爹啊，

（唱）

九儿我素来不认命，

我要让你的发财梦火灭烟消。

（白）

单扁郎啊，

（唱）

你花心老牛想吃嫩草，

我要让你聚元酒庄鬼哭狼嚎。

余占鳌（唱）

听九儿在轿中饮恨悲鸣，

余占鳌我心中愤愤不平。

我与她心心相印两情相悦，

也曾经指天为誓指地为盟。

我也曾托媒婆前去提亲，

戴老三老酒鬼嫌俺贫穷。

我本想挣够钱再去求婚，

单扁郎财大气粗抢了先行。

　　　　　手扶轿杆脚步沉重。
　　　　　前有狼后有虎主意难定。

刘罗汉　（唱）

　　　　　九儿她在轿中悲泣连声，
　　　　　余占鳌若有所思脸色铁青。
　　　　　眼前的这一切似真似幻，
　　　　　又想起少年时踩曲情景。
　　　　　我也想对九儿表明心迹……
　　　　　（白）
　　　　　罢了，罢了！
　　　　　（唱）
　　　　　婚姻事由天定何必硬争。
　　　　　现如今她已成我家主妇，
　　　　　主是主仆是仆上下分明。

凤　仙　（唱）

　　　　　泼洒着高粱酒心中隐痛，
　　　　　我丈夫年轻轻送了性命。
　　　　　可叹我没生下一男半女，
　　　　　老单家万贯家产无人继承。

　　　　老公公不服老娶来九儿，

　　　　梦想着为单家接代传宗。

　　　　九儿她从小就争强好胜，

　　　　怎能够俯首帖耳听命顺从？

　　　　只怕她一进门天翻地覆，

　　　　从今后老单家不得安宁。

九　儿　（唱）

　　　　高粱地如大海波涛汹涌，

　　　　四人轿似小船顺流随风。

余占鳌　（唱）

　　　　余占鳌虽穷骨头硬，

　　　　抖擞精神虎山行。

刘罗汉　（唱）

　　　　只希望余占鳌安分守己，

　　　　做出了莽撞事害人不轻。

凤　仙　（唱）

　　　　只希望九儿委曲求全认了天命，

　　　　生下我单家儿郎把家业继承。

刘罗汉　弟兄们，路途遥远，前边不远就是鬼子炮楼，咱们脚下加加劲。

余占鳌 罗汉,你饱汉不知饿汉饥,站着说话不腰疼。你空着手,我们抬着只大肥羊;你早晨吃了一肚子酒肉,我只喝了一碗稀粥。

孙　虎 二掌柜的,好酒用来泼地,岂不可惜,让弟兄们喝点,润润嗓子。

轿夫甲 嗓子冒烟,走不动了。

吹鼓手 腿肚子灌铅,挪不动步了。

刘罗汉 弟兄们,紧着点走,只要顺利把人抬到,酒肉管够,赏钱加倍!

众轿夫 此话当真?

刘罗汉 我说话算数!

众轿夫 好嘞!

余占鳌（唱）

　　欻——有钱能使鬼推磨啊——

众轿夫（合唱）

　　有钱能使鬼推磨。

余占鳌（唱）

　　老头能娶大闺女。

众轿夫 （合唱）

老头能娶大闺女。

余占鳌 （唱）

贪财嫁给痨病鬼啊——

众轿夫 （合唱）

痨病鬼啊！

余占鳌 （唱）

弯腰驼背喘吁吁。

众轿夫 （唱）

喘吁吁……喘吁吁……

〔九儿在轿内怒踢轿壁,众轿夫做摇晃状。

轿夫甲 哎,脾气还不小嘞。来,伙计们,颠起来呀!

刘罗汉 弟兄们,别颠了,前面就是小鬼子的炮楼,咱还是悄没声地过去吧。

余占鳌 这不是咱中国的地盘吗?小鬼子还管着咱颠轿?

轿夫乙 小鬼子来了咱就不娶媳妇了?不造小孩子了?那不绝了种,亡了国了吗?

余占鳌 颠!

众轿夫 （合唱）

颠,颠,颠起来,

漂亮的大嫚人人爱。

桃花腮,樱桃唇,

说媒的天天挤破门。

颠,颠,颠起来,

漂亮的大嫚要嫁人。

痨病鬼,棺材瓤,

不爱青春爱钱财。

九 儿 (怒踢余占鳌,身体随轿摇晃起伏着)

(唱)

余占鳌冷言冷语将我骂,

好像是我贪图钱财嫁单家。

余占鳌 (唱)

九儿生来脾气大,

怒踢轿子为个啥?

刘罗汉 (唱)

轿里轿外搭上话,

这两位都不是省油的灯盏好剥的麻。

九 儿 (唱)

平日里像个青蛙乱蹦跶,

事到临头蛄蛄蛹蛹似蛤蟆。

凤　仙　(唱)

他二人不避嫌疑明勾搭,

只怕这花轿抬不到家。

余占鳌　(唱)

难道要我光天化日将她抢?

刘罗汉　(唱)

我不能让他们当众闹笑话。

刘罗汉　伙计们,求你们了,别闹了!

凤　仙　(唱)

一个和尚一本经,

一个先生一副卦。

余占鳌　(唱)

稳住劲,莫慌张,

随机应变细观察。

刘罗汉　(低声)伙计们,前面就是炮楼了,别吭声,惊动了鬼子就了不得了。

〔众轿夫停止颠轿,悄悄地下。

第二场

［日本军曹龟尾喝得醉三麻四,摇摇晃晃地上。
［伪军甲、乙背着大枪跟随在后。

龟　尾　（数板）

　　高密东北乡,

　　遍野红高粱,

　　酿成高粱酒,

　　隔瓶闻着香。

伪军甲　（旁白）隔瓶闻着香,真他娘的能夸张,狗鼻子也没这么灵吧!

伪军乙　（对甲）贾哥,说话动静小点儿,让这小子听到,又得用马鞭子抽咱。

龟　尾　（唱）

　　高密东北乡盛产好酒，

　　一茶壶灌进肚忽忽悠悠。

伪军甲　听听，喝酒都用上茶壶了。

伪军乙　炮楼里数他官大，没人管他。一天到晚，醉了不醒，醒了不醉，我看用不了两个月，这小子就醉死了。

伪军甲　这小子心事重重的，心里好像挺憋屈的。

伪军乙　八成是嫌官小了！

伪军甲　他这个弄法，用不了几天，连这个军曹也得给他撸了。

龟　尾　（唱）

　　在炮楼里闷得我好像骚猴，

　　溜出来找女人消消乡愁。

伪军甲　骚猴倒真是个骚猴，但这乡愁嘛，这样的东西也有乡愁？

伪军乙　贾哥，你别说，这个家伙还真有点文化水儿，听说来中国前是个大学生呢！

伪军甲　可为什么一到中国就成了畜生了？

龟　尾　你们,什么的说话?

伪军乙　(假笑)太君,我们夸奖您是个书生呢!

龟　尾　什么书生不书生,老子是大日本皇军军曹。

伪军甲　对对,太君的官大大的。

龟　尾　(唱)

　　我本在东京大学把书念,

　　学唐诗背宋词道貌岸然。

　　被征入伍上了船,

　　忽忽悠悠到了济南。

　　高密城住了十几天,

　　又让我带兵到大栏。

　　修了个炮楼像马圈,

　　圈在里面真是烦。

　　刚喝了一斤高粱酒,

　　溜出炮楼转一转。

　　但愿我的运气好,

　　碰上个花姑娘玩一玩。

伪军乙　这小子,也真是可惜了,一个大学生干了这个。

伪军甲 一披上鬼子皮,什么生也得变畜生。老弟,长着点眼神,看事不好,撂了枪就跑!

龟　尾 你们两个,步伐快快地,不要在后边嘀嘀咕咕,磨磨蹭蹭。

伪军乙 (旁白)这小子,还真有点语言天才,来咱这儿才几天,方言土语都学会了。

伪军甲 太君,咱们溜达得够久了,离炮楼也够远了。这高粱也越来越密了,要碰上游击队,可就没命了。

龟　尾 游击队的不怕,找不到花姑娘不能回去。

伪军乙 太君,咱还是回去吧。这荒郊野外的,上哪儿去找花姑娘?

伪军甲 对,太君,回去吧。

龟　尾 我听到前边有吹喇叭的,那是你们中国人娶媳妇的声音。

伪军乙 这小子,耳朵还挺灵。贾哥,你听到吹喇叭的声音了?

伪军甲 没听到。

龟　尾 一定有的,你们,快快地跟我前进。

〔刘罗汉与凤仙头前引路,余占鳌等抬着花轿匆匆上。

龟　尾　(掏出枪)花姑娘的,站住,不许动!

伪军甲、乙　不许动!

〔众惊愕,缓缓落轿。

〔龟尾向轿子移动,刘罗汉欲上前阻拦,被龟尾用枪指住。

〔凤仙从酒坛中舀了一瓢酒上前,被两伪军用枪指住。

伪军甲　不许上前。

凤　仙　长官,这是喜酒,不能不喝。

〔伪军酒瘾上来,欲喝,被鬼子制止。

〔龟尾掀起九儿盖头,淫笑着去摸九儿的脸。

龟　尾　花姑娘的,大大地好!

刘罗汉　太君,这是我们单家烧锅的女掌柜的,我们烧锅每个月都往炮楼里送酒啊!

龟　尾　(对九儿)你的下来!

凤　仙　(跪地)太君,我家老掌柜的跟你们山本太君有交情,求您放过我们吧。

刘罗汉 （跪地）太君，您不能这样啊，我们是良民啊！

　　〔九儿环视众人，盯着余占鳌良久。余低头，冷眼观察形势。

刘罗汉 （跪行，抱住龟尾的腿）太君，求求您，饶了我们吧……

龟　尾 （将刘罗汉踢倒，逼着九儿往台边走，对伪军甲、乙说）你们，看住他们！

　　〔刘罗汉爬起来，被伪军甲用枪逼住。

刘罗汉 弟兄们，弟兄们，咱们可都是中国人啊，谁家没有姐妹啊？劝劝太君吧……

　　〔伪军甲、乙均有所思。

刘罗汉 （端详伪军甲）兄弟，我怎么看着您面熟啊？您好像是贾家庄人。

　　〔伪军甲低头。

九　儿 （猛回头，从怀中摸出一把剪刀）余占鳌，你个孬种！

　　〔余占鳌一声怒吼，猛扑到龟尾身上，将龟尾压倒在地，并拤住了他的脖子。

　　〔众轿夫也分别扑向伪军甲、乙，下了他们

的枪。

　　［龟尾先是伸胳膊,蹬腿,片刻便不动了。

余占鳌　（爬起来,踢了龟尾一脚,半是惊讶半是蔑视地说）妈的,死了?

孙　虎　（对余占鳌,指伪军甲、乙）余大哥,这两块货怎么办?

余占鳌　砸死!帮虎吃食的狗东西!

　　［伪军甲、乙跪地求饶。

伪军甲　大哥,饶了我们吧,我们也是被逼无奈啊!

伪军乙　我是被他们捉来的,没干过坏事啊,饶了我吧。

余占鳌　狗汉奸,留着也是祸害!快砸死!

　　［伪军甲、乙给刘罗汉和凤仙磕头。

伪军甲、乙　大哥,大嫂,看在本乡本土的分上,放我们一条生路吧!

刘罗汉　（看看余占鳌）占鳌,让他们走吧,中国人不杀中国人。

余占鳌　留下活口,他们就会去向鬼子报信。大家都跟着遭殃,你们单家烧锅也就保不住了。

　　［余占鳌抡起大枪,向伪军甲砸去。

　　　　　　［伪军磕头如捣蒜。

伪军乙　大哥,大哥,我们也恨日本人,我们这次出来就想找机会开溜。

刘罗汉　(拦住余占鳌)占鳌,放他们一条生路吧。

余占鳌　(恨恨地)你们两个听着,立刻跑得远远的,要是敢向鬼子报信,我找不着你们俩,就找你们家里人算账!

伪军甲　我这就下关东。

伪军乙　我回家看看俺娘,就去投八路。

　　　　　　［两伪军爬起来,千恩万谢。

余占鳌　还不快滚!

伪军甲　我们的枪……

余占鳌　还敢要枪?

众轿夫　这还是要回去当汉奸啊!

孙　虎　还是把他们砸死,以绝后患!

伪军甲、乙　不要了,不要了……

　　　　　　［伪军甲、乙仓皇逃下。

刘罗汉　占鳌,这个死鬼子怎么办?

余占鳌　(从龟尾身上解下手枪)快,旁边有个大湾,给他腿上绑上两块石头,扔到湾里去。

　　〔众人把龟尾拖下。

　　〔刘罗汉将两支大枪也扔到湾里。

刘罗汉　（看着余占鳌腰里的手枪）占鳌,这玩意儿咬人,扔了吧。

余占鳌　（将枪掖好）这个可不能扔,我还要用它给你们聚元酒庄看家护院呢,(转问九儿)你说是不是啊,女掌柜的?

九　儿　（意味深长地看了余占鳌一眼,转身上轿）起轿吧!

余占鳌　（低声）不许那个痨病鬼子碰你!

　　〔幕落,音乐声起,悲喜交集,令人心神不安。

第三场

［单家聚元酒坊客厅，晚景。

［舞台一侧，几个吹鼓手吹奏着喜庆的乐曲《迎新娘》，吹着吹着变成了《小寡妇上坟》。

［余占鳌坐在吹鼓手旁边，与几个轿夫划拳饮酒。

［舞台另侧，灯光通亮。

［丫鬟将坐在轮椅上，身披白长袍，外罩红马褂的单扁郎推上。

单扁郎 （咳嗽着）人参蛤蚧汤……

［凤仙端汤上。

单扁郎 （喝汤）罗汉呢？

［刘罗汉匆匆上。

刘罗汉 （恭敬地）掌柜的。

单扁郎 路上还顺利吧？

刘罗汉 顺利。

单扁郎 新娘子呢？

刘罗汉 在内室休息呢。

单扁郎 看好了。

刘罗汉 王妈陪着呢。

单扁郎 余占鳌那个野种呢？

刘罗汉 在东院里与轿夫们喝酒呢。

单扁郎 你跟他挑明了说，我跟九儿是明媒正娶，官保民护，让他死了那份心吧。

刘罗汉 我已经跟他说了。

单扁郎 看好他，吃喝完了就打发他走——按说这轿子也不该让他来抬。

刘罗汉 路上经过鬼子炮楼，不是他领头，没人敢来。

单扁郎 让他抬轿，也真是可惜了。

刘罗汉 掌柜的意思是——

单扁郎 他应该去当兵，当匪！

凤　仙　他杀过人。

单扁郎　（注视凤仙，又看看刘罗汉）罗汉，你从十二岁就在酒坊干活，终于熬成了把头。我儿子活着时，我把你当成干儿子，如今我儿子死了，我这心里，就把你当成亲儿子了。

刘罗汉　掌柜的，罗汉是个干粗活的，永远是下人。

单扁郎　凤仙。

凤　仙　儿媳在。

单扁郎　我娶九儿为妻，你有什么想法？

凤　仙　儿媳替爹爹高兴。

单扁郎　噢，高兴？高兴就好啊。（问刘罗汉）外边有人骂吗？

刘罗汉　掌柜的续弦娶妻，天经地义。

凤　仙　儿媳盼着九儿早生贵子，传承咱老单家的香火。

单扁郎　九儿不是你叫的，她是你婆婆。

凤　仙　儿媳知道了。

单扁郎　（看了凤仙，又看刘罗汉）我知道你们二人青梅竹马，等我办完了事，就成全了你们吧。

凤　仙　（跪）多谢爹爹大恩大德！

刘罗汉 （为难地）掌柜的，罗汉不敢。

单扁郎 （不满地）你嫌凤仙是寡妇？（咳嗽着）好好干，我这万贯家产，将来会有你们一份。

刘罗汉 掌柜的，小的担当不起，小的只想忠心耿耿地为东家做事。

凤　仙 （不满地）罗汉，我知道你的心思，可九儿已是我的婆婆，也是你的主人。

单扁郎 （剧烈咳嗽）怎么？你也……

刘罗汉 （跪）掌柜的，小人从来没有这种想法……

凤　仙 我看你就有这种想法。

　　［单扁郎咳嗽，用白手绢沾嘴，手绢上有血。

凤　仙 公爹，你又吐血了！

　　［悲凉的唢呐曲调传来。

单扁郎 （有气无力地）去看看，吹的什么哭丧调，我还没死呢。

　　［这侧灯光暗，另侧舞台亮。

　　［刘罗汉跑前跑后地往吹鼓手兜里塞钱，曲调变成欢快的迎亲曲。

　　［凤仙殷勤地劝余占鳌喝酒。

〔幕后高喊:"吉时到——新郎新娘入洞房——"

〔几个女人将手拴红绸、头蒙红布的九儿扶上来。

〔一个女人将红绸的一头交到单扁郎手里。

〔这条红绸是双面的,象征性的道具,一面红,一面白。

〔九儿想挣脱拴在胳膊上的红绸,但总也挣不脱。单扁郎乘坐的轮椅在九儿的挣扎下在舞台上滑动着。那红绸仿佛大章鱼的腕足,无论她往哪个方向跑,都被单扁郎拽回来。九儿用力一扯,红绸变成白绸;单扁郎用力一扯,白绸变成红绸。

〔灯光变幻,分割着舞台。刘罗汉时而与九儿、单扁郎在一个表演区域,时而又和凤仙与余占鳌在一个表演区域,时而又在两个区域之外。

九　儿　(唱)

这红绸好似阎王索,

扯不断,挣不脱。

颈上纠缠身上绑,

牵拉着羊羔上屠场。

单扁郎 （唱）

九儿不要怒，九儿不要狂，

孙猴子蹦不出如来佛手掌。

安排好丝绸被褥红罗帐，

今夜你就要做新娘。

刘罗汉 （唱）

眼见着九儿要进洞房，

我心中打翻了五味汤。

喜的是东家又有新气象，

悲的是心中愿望成黄粱。

凤　仙 （唱）

童年的玩伴成婆母，

这事越想越荒唐。

余占鳌 （唱）

看他们有的哭，有的唱，

一台好戏开了场。

九　儿 （唱）

脚底踩冰身上冷，

越近洞房越心慌。

单扁郎 （唱）

喝下了人参蛤蚧大补汤，

老夫要发少年狂。

刘罗汉 （唱）

凤仙虽好我不爱，

感情之事难勉强。

凤　仙 （唱）

为让我公公顺利把房圆，

我暗把迷药给他加上。

（悄悄地往酒壶中加药。给余斟酒）

余大哥，请放量，

你是轿夫行里的领头羊。

今日若不是你出头，

洞房要变停尸房。

余占鳌 （唱）

不怕他财大气粗势力广，

不管他明媒正娶合纲常。

他还与日本鬼子有勾搭，

　　　　　杀了他也不冤枉。

刘罗汉　（唱）

　　　　　东家只有半条命，

　　　　　不知如何上喜床。

凤　仙　（唱）

　　　　　我宁愿身价降低成下辈，

　　　　　也要断了他二人痴心和妄想。

余占鳌　（唱）

　　　　　我且放量喝美酒，

　　　　　待会儿风风火火闹洞房。

四　人　（合唱）

　　　　　猛想起，布谷声声麦熟黄，

　　　　　赤脚踩曲趁端阳。

　　　　　〔灯光转暗，台上人沉默聆听。

童声旁白　（数板）

　　　　五月端午，洗脚踩曲。谁来踩曲，童男童女。小麦是肉，大麦是骨，菊花为皮，玫瑰为肤。

　　　　踩曲踩曲，唱歌跳舞。踩曲踩曲，你追我逐。踩曲踩曲，敲锣打鼓。踩曲踩曲，平安幸福。

［灯光再亮时,九儿已坐在喜床之上。

［单扁郎在另一表演区喝参汤。

九　儿　（唱）

红烛高烧夜悄悄,

酒气浓烈四处飘。

这阴森森的单家院,

是埋我的坟墓烧我的窑。

人家是郎才女貌多般配,

我这里嫁个老头害病痨。

我不能插翅飞,

也不能钻地逃。

（白）

余占鳌啊!

（唱）

你既然有胆杀鬼救我命,

难道你无胆救我出囚牢?

你若今晚不出手,

我就要与这老头动剪刀。

［在另一表演区,余占鳌摇摇晃晃站起来。

凤　仙　余大哥,再喝一杯。

刘罗汉　占鳌,再喝一杯?

余占鳌　(硬着舌头)不喝了!我该入洞房了……哎哟,我这头怎么这么晕呢?你们……加了蒙汗药了吧?

　　　[余占鳌扑倒在地。

　　　[凤仙与刘罗汉面面相觑。

凤　仙　(讽刺地)这会儿,她已经成了我的婆婆、你的主母了。

刘罗汉　(嗫嚅着)我……

凤　仙　你就死了这条心吧!

刘罗汉　凤仙,请你原谅,你也是我的主人,我不能够……

凤　仙　罗汉,强扭的瓜不甜,我不逼你。不过,你给我听着,即便我公公今夜死了,也轮不到你,(指着醉倒在地上的余占鳌)九儿爱的是他!

　　　[凤仙哭着下。

　　　[刘罗汉萎靡不振地下。

　　　[单扁郎向九儿逼近。

九　儿　（从怀中摸出剪刀）不许过来！

单扁郎　（唱）

叫一声贤妻小凤莲，

你放下剪刀听我言。

常言道婚姻之事天作定，

千里的姻缘一线牵。

九　儿　（唱）

说什么姻缘天作定，

我宁愿玉碎不瓦全。

单扁郎　（唱）

你既然入我洞房坐我床，

咱二人两个蚂蚱一绳拴。

（从腰间解下一串钥匙）

从今后，万贯家产你掌管，

要吃要穿你随便。

为夫虽然年纪大，

但高密数我最有钱。

男人有钱腰杆硬，

我要买个女人真不难。

九　儿　我不就是你买来的吗?

单扁郎　九儿,为娶你我的确花了不少钱,但对你我确是一片真情。

　　(唱)

　　叫九儿放下剪刀,把心放宽。

　　咱老夫少妻共赴巫山。

　　[单扁郎边唱边向九儿靠近。

　　[九儿将剪刀抵在自己心窝。

九　儿　(唱)

　　我不贪你家财,

　　你莫近我身。

　　你若硬逼我,

　　以死来相拼。

单扁郎　好,好,好。

　　(唱)

　　时辰不到天不明,

　　火候不到肉不烂。

　　为夫喜欢你好性格,

　　等你回头把意转。

（白）

九儿你是个聪明人,好好想想吧。

（唱）

人间哪有十全事?

甘蔗没有两头甜。

第四场

〔一望无边的高粱地。
〔一条蜿蜒的羊肠小道。
〔余占鳌坐在路边。

童声朗读 按照风俗,奶奶出嫁五天后,她的爹赶着毛驴接她回家。奶奶骑在驴背上,嗅着风送来的浓烈的高粱酒气,心中好像有所期待。太阳高升,阳光旺盛。地下升起袅袅白气,奶奶脊背阵阵发凉。她忽然听到,高粱地深处,有一个男子,亮开坑坑洼洼的嗓门,唱道——

余占鳌 (幕后唱)

 妹妹你大胆地往前走——

铁打的牙关,

钢铸的骨头。

从此后你搭起红绣楼,

抛撒着红绣球,

打中我的头,

与你喝一壶,

红红的高粱酒。

(分拨着高粱上场)

(接唱)

原本要大闹洞房把人抢,

没想到一觉睡到大天光。

喝酒时分明是在单家院,

醒来时横躺在大街旁。

定是那凤仙罗汉施诡计,

坏了我的好事,不由我气满胸膛。

怕只怕生米已经煮成饭,

这事越想越窝囊。

今天是她的回门日,

抢她到高粱深处问端详。

[驴子叫声。

[余占鳌蒙面躲在高粱后。

[九儿骑着毛驴上。

[戴老三跟在驴后,提着一把小酒壶边走边喝。

九　儿　(唱)

提心吊胆整三天,

我在单家度日如年。

单扁郎虽不是奸曹鬼怪,

又咳嗽又吐血让人心寒。

余占鳌是一个头号浑蛋,

在单家醉成泥巴一摊。

若不是我剪刀护身胆气壮,

现如今已经是柳败花残。

今日里如小鸟飞出牢笼,

骑着个小毛驴儿把家还。

心急只嫌驴儿慢,

脚踢驴腹往前赶。

戴老三　(气喘吁吁地)我说闺女,你慢一点儿。

(唱)

叫声闺女心放宽,

男人最好是有钱。

有钱才能让人敬,

无钱上街狗也嫌。

有钱才能穿绸缎,

无钱只能披破衫。

有钱才能吃鱼肉,

无钱吃糠把菜咽。

有了钱八十老汉娶二八,

没有钱一辈子光棍孤单单。

(白)

俺那贤婿单扁郎,不就有个小痨病嘛!扎咕扎咕就好啦!

(唱)

你要一心一意跟人家过,

爹爹跟着沾光使洋钱。

九 儿 (痛苦地)天啊,怎么让我摊上这么个爹啊!

(唱)

听爹爹一席昏话气破肚皮,

单扁郎肺痨病已是晚期。

喘了上口没下口，

胸膛里像藏着一只鸡。

只怕他风中残烛不长久，

用不了一年半载就要归西。

戴老三 （唱）

知他小命要归西，

赶紧与他共枕席。

生下一个小公子，

你在单家有根基。

九　儿 呸！世上哪有这样的爹！

（唱）

扬鞭催驴往前跑，

撇下这个财迷心窍的老东西。

戴老三 九儿,慢点跑,爹还有话对你说呢。

［追下。

余占鳌 （分拨着高粱上）

（唱）

妹妹你大胆往前走，

一条大路望不到头。

高粱地里拜天地，

与你喝一壶高粱酒。

[追下。

[戴老三磕磕绊绊地追上。

戴老三 这闺女真是个急性子！

（唱）

这男人鬼腔怪调使劲吼，

（白）

你唱的什么歪腔斜调,茂不茂,吕不吕的。

（唱）

这样的破嗓子,还敢开口。

九　儿 （骑驴上）

（唱）

只听到余占鳌鬼哭狼吼，

不由我九儿怒生心头。

花烛夜你醉得人事不省，

现如今你又来纠缠不休。

余占鳌 （分拨着高粱）

（唱）

妹妹你大胆地朝前走，

前面就是红绣楼。

我为你披上红丝绸，

玩一个狮子滚绣球。

九　儿　（唱）

大路朝天分边走，

坏曲哪能酿好酒？

纸糊的墙壁靠不住，

屎壳郎打哈欠——免开臭口。

〔余占鳌扑上前，将九儿扛起，在移动的高粱中穿行着，然后将九儿放置在高粱上。

余占鳌　（摘下面具）是我！

九　儿　（恼怒地）我知道是你！

余占鳌　我是你男人！

九　儿　我男人是单扁郎！

余占鳌　单扁郎没沾你吧？

九　儿　沾了。

余占鳌　（打量着九儿，大笑）他要能沾了你，你就不是九儿了!

九　儿　沾了,就沾了!是我自己乐意的!

余占鳌　不沾,你是我的女人;沾了,你还是我的女人!

九　儿　你这个浑蛋,为什么不来救我?

余占鳌　我被凤仙与罗汉灌醉了。

九　儿　你那酒量还能醉?

余占鳌　他们八成在酒里加了蒙汗药!

九　儿　我不管你什么药,反正我不跟你好了!(九儿欲走,被余占鳌搂住)放开我!

　　[余占鳌把九儿放平在地上,高粱道具在他们身旁移动着,他们在舞台上滚动着。

童声旁白　(合唱)

　　　　踩曲踩曲,翻翻覆覆。小麦为肉,大麦为骨。菊花为肌,玫瑰为肤。踩曲踩曲,翻翻覆覆……

第五场

［当天晚上，单家聚元酒庄。
［单扁郎坐在桌旁喘息着，喝着人参蛤蚧汤。
［余占鳌戴着面具，持利刃潜上。
［灯光大亮。

单扁郎 （冷冷地）把那玩意儿摘下来吧。

余占鳌 （摘下面具）姓余的明人不做暗事。

单扁郎 （讥讽地）你这是要杀我？

余占鳌 对，要杀你！

单扁郎 从古至今，杀人总要有理由。你说说，为什么要杀我？

余占鳌 杀你就杀你，还要什么理由！

单扁郎 （喘息着）

（唱）

你这个小兔崽子太无理，

无端杀人把天欺。

余占鳌 （唱）

我恨你有钱又有势，

我恨你，强娶九儿为你妻。

单扁郎 （唱）

有钱有势是我自挣的，

我娶妻生子碍你何事？

余占鳌 （唱）

九儿是我相好的——

单扁郎 （唱）

可有媒简与婚契？

余占鳌 （唱）

你活了今天没明日——

单扁郎 （唱）

我死活与你没关系。

余占鳌 （唱）

你与日本鬼子有交情,

不是坐探也是奸细。

单扁郎 （唱）

你才吃了几斤盐?

你才吃了几斗米?

山本太君是商人,

我与他买卖公平做生意。

余占鳌 （唱）

你是巧嘴鹦鹉我说不过,

但我跟九儿在高粱地里——

单扁郎 （惊讶地）什么?

余占鳌 （唱）

盖着天,铺着地,

哥哥妹妹,成就好事……

单扁郎 （又喘又咳）你胡说!

余占鳌 （唱）

我二人今夜就要远走高飞,

她让我,报个信儿与你知。

单扁郎 （声嘶力竭地）你造谣!

〔余占鳌从怀中摸出一件红衣晃了晃。

余占鳌 （唱）

这是她的贴身衣，

送我作为定情礼。

单扁郎 （愤怒地）余占鳌，你拐占活人妻,这是犯法的！

余占鳌 犯他娘的什么法？我们是两相情愿！

〔单扁郎挣扎着扑向余占鳌。余占鳌猛一闪,单扁郎跌倒在地。单扁郎爬起来,又扑向余占鳌。单扁郎一口血喷到余占鳌身上。

余占鳌 （恼怒地）老东西,血口喷人啊！

〔余占鳌猛一推,单扁郎跌倒。

单扁郎 （趴在地上,吐血,伸出一只手）余占鳌,你这个小畜生……

〔单扁郎仆地而死。

〔刘罗汉提着灯笼上,与手持刀子的余占鳌迎头碰上。

刘罗汉 （惊愕地）你怎么在这？（看到地上的单扁郎）你,你杀了我们掌柜的？

余占鳌 我没杀!

刘罗汉 余占鳌,你这事做过了!

余占鳌 我没杀,是他自己死的。

刘罗汉 余占鳌,人命关天,你跟我去见官!

余占鳌 罗汉,我余占鳌好汉做事好汉当,如果真是我杀的,我不会不承认。

　　[凤仙上,一见死人,号啕起来。

凤　仙 公爹啊,你这是怎么啦?(站起来,上前撕掳余占鳌)余占鳌,你霸占活人妻,杀了我公爹,你要偿命……

余占鳌 九儿本来就是我的女人!

凤　仙 九儿是我公爹明媒正娶的夫人!余占鳌,你跟我去见官!杀人了啊,杀人啦……

刘罗汉 (低声)少奶奶,家丑不可外扬。

凤　仙 这是人命关天的大事!

刘罗汉 看样子掌柜的真不是余占鳌所杀。

余占鳌 我对天发誓。

凤　仙 不是他杀死的,也是他气死的。

刘罗汉 (无奈地)杀了人要偿命,气死人不偿命啊。

第五场　053

凤　仙　我公爹就这么死了？

刘罗汉　少奶奶，你说怎么办？

凤　仙　（沉思片刻）

（唱）

公爹他一命归了阴，

酒坊中闪下了两个女人。

论辈分她该是我的婆母，

论姿色她比我胜了三分。

余占鳌肯定会鹊巢鸠占，

刘罗汉对九儿也存有痴心。

留下了这女人百无一好，

我不如施巧计拔除祸根。

（白）

余占鳌，看在我们发小的分上，我不报官了，你速速去戴家屯，领着那九儿，远走高飞，再也不要回来！

余占鳌　（无赖地）凭什么？我没杀人，凭什么要走？凤仙，你打的好算盘！把我和九儿赶走，你就和罗汉睡在一起，独占了老单家的万贯家产！没门！九儿是单扁郎明媒正娶、四人大轿抬来的,这家产起码有她一半。

刘罗汉 余占鳌,我见过不要脸的,但没见过像你这样不要脸的！

余占鳌 你要脸？你要脸还用蒙汗药把我放翻？如果不是你们捣鬼,我早就带着九儿跑了。这就叫人算不如天算！

凤　仙 (哭号)余占鳌,你太欺负人了。

刘罗汉 (对凤仙)少奶奶,九儿名分尚在,安排人报丧去吧。

余占鳌 (无赖地)不用安排,我去！

刘罗汉 (无奈地)死者为尊,余占鳌,你给我们老掌柜的留点面子吧。

第六场

[高粱地,田间小路。

[刘罗汉牵着毛驴,九儿穿白衣骑在驴上。

九 儿　（唱）

听罗汉来报丧心中恓惶,

忙脱下红衣裙换上素装。

单扁郎喝参汤滋补颐养,

不至于这么快把命来丧。

定是那余占鳌下了狠手,

这事儿他干得实在莽撞。

（白）

罗汉,掌柜的到底因何而死?

刘罗汉　吐血而死!

九　儿　身上可有伤口?

刘罗汉　身上没有伤口。

九　儿　(唱)

我与他虽无有夫妻之实,

但毕竟也算是拜过花堂。

他没有违犯国法民律,

他暴死我心中也有感伤。

(白)

老东家死时你在场吗?

刘罗汉　(支支吾吾地)我……

九　儿　(抢白)罗汉,你能不能痛快一点儿?说话吞吞吐吐,仿佛嘴里含着一个核桃。

刘罗汉　(清清嗓子)我进去时,老东家已经躺在地上。

九　儿　余占鳌呢?

刘罗汉　他手持钢刀立在一旁。

九　儿　那老东家还是他杀的。

刘罗汉　刀上没有血迹,身上没有伤口。

九　儿　那老东家到底是咋死的?

刘罗汉　不是被他气死的,就是被他吓死的。

九　儿　那多半还是气死的,单扁郎不是个胆小之人。

刘罗汉　我也这么想。

九　儿　气死人该当何罪?

刘罗汉　(支吾)好像无法定罪。

九　儿　(沉思)余占鳌啊,余占鳌!

　　　　(唱)

　　　　这变故来得实在突然,

　　　　一瞬间就仿佛地覆天翻。

　　　　余占鳌心狠手辣无天无法,

　　　　跟上个这样的男人难求平安。

　　　　刘罗汉善良厚道生性懦弱,

　　　　逢乱世也不能做我靠山。

刘罗汉　(唱)

　　　　看九儿神色凝重面带愁颜,

　　　　不知她如何收拾这混乱局面。

　　　　我与她现如今身份有变,

　　　　她是主我是仆小心慎言。

九　儿　罗汉,掉转驴头。

刘罗汉　掌柜的,咱去哪?

九　儿　去县城。

刘罗汉　去县城?

九　儿　(唱)

即便是乱世也有王法,

谁犯罪谁就该接受惩罚。

(白)

我要去县衙告状!

刘罗汉　告谁?

九　儿　告余占鳌夜闯民宅,气死人命。

刘罗汉　(吃惊地)九儿,掌柜的!

(唱)

现如今日本人侵我中华,

汉奸走狗霸占县衙。

这些狗东西人事不干,

你去告状无异于虎口送娃。

九　儿　(唱)

官法不灵还有民法,

我去找花脖子——

刘罗汉　找花脖子？

九　儿　（唱）

把余占鳌的野性杀一杀。

刘罗汉　（唱）

花脖子大土匪谁不害怕？

（白）

躲都躲不及呢，

（唱）

你去招惹他干什么？

九　儿　（唱）

听说他与老东家交情不薄，

我正好借机去会一会他。

刘罗汉　（唱）

花脖子拉驴绑票专抢大户，

他是神枪手弹无虚发。

九　儿　（唱）

我送他大洋五百块，

让他到酒庄把占鳌抓。

抓他到土匪窝里去受罪，

安慰一下在天有灵老东家。

刘罗汉　掌柜的,真要去?

九　儿　不去怎么办? 不制服余占鳌,咱那聚元酒庄就该关门了。

刘罗汉　少东家真是女中丈夫,见识非凡,只是……

九　儿　只是什么?

刘罗汉　(盯着九儿的俏脸)只是……

九　儿　路边捧土来。

　　　　[刘罗汉路边捧土。九儿接过土,搓到脸上。

九　儿　丑不丑?

刘罗汉　(羞怯地)不丑,掌柜的……

九　儿　你扇我两巴掌,把脸打肿!

刘罗汉　(惶恐地)掌柜的,罗汉不敢……

九　儿　叫你打你就打!

刘罗汉　掌柜的,您别为难我了。

九　儿　你打不打?

刘罗汉　不打。

九　儿　你愿意我让花脖子留在山寨?

刘罗汉　这……

九　儿　打!

　　　　[刘罗汉扇了九儿一巴掌。

九　儿　太轻了,狠一点!

第七场

［九月九，重阳日。

［酒坊内。一个巨大的烧酒锅冒着白色蒸汽，舞台一侧摆放着酒坛酒篓。

［刘罗汉指挥着伙计们干活。热火朝天的劳动场面。

刘罗汉 伙计们，手脚麻利着点儿，待会儿掌柜的与少奶奶要来尝新酒，各人都把自己遮严实点儿。

孙　虎 （调侃）罗汉，这两个娘儿们好像都对你有意思，你总要选一个吧？

伙计甲 选什么，两个全收了呗！

伙计乙 那不乱了辈分了嘛！

伙计甲　两个小寡妇,两只小肥羊,什么辈分不辈分。

孙　虎　罗汉啊,你真是个死膘子,两块肥肉吊在嘴边,可你就是不张口。

伙计甲　咱那女掌柜的,没准还是个黄花闺女呢!

伙计乙　呸!你的眼长到屁股上去了?没看到她那小肚子都鼓凸出来了吗?

伙计甲　(压低嗓门)谁下的种?

伙计乙　还能是谁?余占鳌的呗!

孙　虎　咱这女掌柜的,真是个肚子里长牙的厉害角色,老掌柜一死,大家都寻思着她会跟余占鳌成双成对,明铺热盖,谁知道,她竟然买通了花脖子,把余占鳌给绑了去。

伙计甲　听说余占鳌在花脖子山寨中,脚上拴着铁链子做苦工呢。

刘罗汉　都少说几句吧。

　　　　〔烧酒锅上灯光渐暗,舞台一角灯光亮起。

　　　　〔凤仙搀着九儿上场。

九　儿　(唱)

　　　　我知道她的甜言蜜语、满面笑容全是伪装。

凤　仙　（唱）

　　我口口声声叫着娘,恨得牙根痒。

九　儿　（唱）

　　余占鳌被绑走已近三月,

　　不知他在匪巢变成啥样。

凤　仙　（唱）

　　眼见她腹中儿日日见长,

　　难道她与公公上过喜床?

九　儿　（唱）

　　腹中的小儿郎日日见长,

　　回想起高粱地意乱心狂。

　　〔追光至刘罗汉。

刘罗汉　（唱）

　　看她俩互相搀扶、彬彬有礼,

　　心里头全都是棍棒刀枪。

　　九儿她若真能生出麟儿,

　　这将倾的大厦就有了顶梁。

　　是不是单家种何必去论,

　　谁家的家谱里没有掖藏。

［全舞台灯光大亮。

众　人　（合唱）

九月九,酿新酒。

好酒出在咱的手。

要问咱为何能酿好酒,

只因咱家井里有龙游。

要问咱为何能酿好酒,

咱家的酒曲有来头。

要问咱家为何能酿好酒,

咱家的高粱第一流。

要问咱家为何能酿好酒,

掌柜的芳名九九九……

［刘罗汉示意大家安静。

［泉水叮当般的声音。

刘罗汉　（兴奋地）出酒了!

［众人欢呼:"出酒啦! 出酒啦!"

［刘罗汉接了一坛新酒倒在案子上排列着的十几个黑陶大碗里。

刘罗汉　（双手端着一碗酒递给九儿）掌柜的,祭酒神。

[九儿将那碗酒摆在酒神案上。

众　人　（合唱）

　　天地造物,嘉禾化醇。

　　人杰地灵,五谷满囤。

　　粮食精华,大地英魂。

　　酒可治病,亦能养人。

　　敬奉天地,宴请嘉宾。

　　歌之舞之,无上欢欣。

刘罗汉　（将一碗酒捧给九儿）掌柜的,请品尝新酒。

九　儿　（喝了一口）好酒!

[众人各端起一碗酒,一饮而尽。

众　人　好酒!

　　（唱）

　　喝了咱的酒,活到九十九。

　　喝了咱的酒,好运来碰头。

　　喝了咱的酒,不怕小人来寻仇。

　　喝了咱的酒,哥哥妹妹手拉手……

九　儿　（唱）

　　伙计们喝新酒连喊带吼,

一碗酒能消解几多忧愁。

眼见我聚元酒坊蒸蒸日上，

心里也总是暗自担忧。

那一日余占鳌抃死魔鬼，

怕只怕小日本要来报仇。

将占鳌送匪巢实为保护，

求苍天保佑我度过今秋。

刘罗汉 （唱）

看九儿饮酒后面如桃花，

不由我刘罗汉心乱如麻。

掌柜的生前曾经留话，

他让我与凤仙连理成家。

凤仙对我情深意切，

但我的心里容不下她。

明知道与九儿今生无缘，

却总是牵肠挂肚难以放下。

罢罢罢，罢罢罢，

端起碗把自己灌醉了吧。

醉乡里无愁无忧天广地大。

[众伙计醉得东倒西歪。

[余占鳌背着个铺盖卷儿,斜挎着手枪闯进来。

[九儿手中的酒碗落地。

余占鳌 (嘲讽地)掌柜的,小人前来讨杯酒吃。

[九儿舀起一瓢酒,猛地泼到余占鳌脸上。

九 儿 (怒冲冲地)从哪儿来的,滚回到哪里去。

余占鳌 掌柜的,您这就不厚道了吧。那些事儿才过去没多久,都忘了?

九 儿 我什么都不记得。

余占鳌 迎亲路上的事儿不记得?

九 儿 不记得。

余占鳌 高粱地里的事儿也忘了?

九 儿 不记得。

余占鳌 (瞅着九儿的肚子)你不记得,但你肚子里的孩子记得!

刘罗汉 占鳌,别说疯话了。来,喝碗酒消消乏。

余占鳌 罗汉,是你在酒里下了蒙汗药?

刘罗汉 是我。

余占鳌 是你买通了花脖子把我抓了去?

刘罗汉　是我。

余占鳌　你是单家的忠实走狗!

刘罗汉　我是。

余占鳌　咱俩的账怎么算呢?

刘罗汉　随你。

余占鳌　你的账,我先给你记着,过几天连本带息一起还!

　　[余占鳌将九儿抱起来,九儿挣扎着,用拳头擂着余占鳌的脑袋。

　　[余占鳌抱着九儿下。

第八场

〔烧酒作坊。

〔高大的烧酒锅热气腾腾,众伙计轮番从酒锅里往外出糟。

伙计甲 （唱）

出糟是个力气活儿。

伙计乙 （唱）

脊梁沟里汗水流成河。

〔二人奋力出糟,象征性地,舞蹈性地。

伙计甲 哎哟,我的腰快断了

伙计乙 哎哟,我这胳膊也酸了。

伙计甲 孙虎,小马,该你们干了。

孙　虎　你们这两个油子,才干了多大一会儿?

小　马　等二掌柜的喝完这壶酒再换也不晚。

刘罗汉　(喝了一口酒,长叹一声)弟兄们,别吵吵了,也别叫我"二掌柜的"了。

　　〔众伙计面面相觑。

　　〔孙虎、小马换班出糟。

刘罗汉　(唱)

　　余占鳌进主屋三天未出,

　　两耳边只听到欢声笑语。

　　我又是妒又是恨无处倾诉,

　　一颗心恰似在锅里蒸煮。

　　妒九儿新寡人不遵妇道,

　　恨占鳌活土匪乱了礼数。

　　几次想上前去敲打窗户,

　　举起手又放下脚下踌躇。

　　虽说当初是朋友,

　　但现在,人家是主我是仆。

　　别吃醋,莫嫉妒,

　　天大的丑事也要包住。

［伙计们又为换班的事争吵起来。

［余占鳌披着褂子敞着胸,心满意足地上。

余占鳌 （大大咧咧地）吵吵什么?

［众人哑然,看看余占鳌,又看看刘罗汉。

余占鳌 罗汉,一个人喝酒,多没劲!来,我陪你喝一碗!（为自己和刘罗汉倒上酒,端起碗,碰一下）干!（仰脖喝干,甩掉褂子,只穿一汗背心,对众人说）这么点活儿也值得吵吵?闪开,看俺老余给你们露一手!

［余占鳌出酒糟,运锹如风,载歌载舞。

［九儿与凤仙悄悄地上。

余占鳌 （边舞边唱）

甩开膀子加油干!

众伙计 （伴舞伴唱）

甩开膀子加油干!

余占鳌 （唱）

九牛二虎力无边。

众伙计 （唱）

九牛二虎力无边。

余占鳌　（唱）

　　　　双臂如铁车轴汉。

众伙计　（唱）

　　　　双臂如铁车轴汉。

余占鳌　（唱）

　　　　看一看东北乡里好儿男。

众伙计　（唱）

　　　　看一看东北乡里好儿男。

九　儿　（唱）

　　　　占鳌他似猛虎是条好汉，

　　　　九儿我看着他心里喜欢。

凤　仙　（唱）

　　　　余占鳌张牙舞爪虎狼一般，

　　　　刘罗汉老绵羊低眉顺眼。

刘罗汉　（唱）

　　　　他二人情投意合眉目情传，

　　　　我何必在这里招人厌烦。

　　　　（白）

　　　　罢了！

(唱)

耸耸肩跺跺脚我走了吧。

眼不见,心不乱,

情不牵,意不烦。

用力扯开连丝藕,

快刀斩断乱麻线。

一双大手能挣饭,

从此我天涯孤旅也清闲。

第九场

〔夜景。九儿的窗户被灯光照亮。窗户上叠印出余占鳌与九儿拥抱的剪影。

〔刘罗汉身背包袱,默然站立,注视着那灯火与剪影。

〔凤仙背着包袱默默走到刘罗汉背后,额头抵在刘罗汉肩膀上。

刘罗汉 (慌乱闪开)少奶奶……
凤　仙 (哭泣着)罗汉大哥,我就这么让你讨厌?
刘罗汉 凤仙,我对不起你。
凤　仙 九儿不是你的人,你就死了这份心吧。
刘罗汉 是,我早该死了这份心。我,该走了。

凤　仙　你要到哪里去？

刘罗汉　这么大的世界，何处的草棚不安身？何处的黄土不埋人？

凤　仙　罗汉大哥，我也想明白了，只要你不嫌弃，你走，我跟着。

刘罗汉　（唱）

你舍得这万贯家产？

你能够忍饥受寒？

凤　仙　（唱）

没了你，万贯家产如粪土，

有了你，吃糠咽菜心也足。

刘罗汉　（唱）

收拾收拾快快走，

多待一刻也心烦。

凤　仙　（唱）

我只有这个小包袱，

金银细软在里边。

再看一眼单家院，

多少往事到眼前。

刘罗汉 （唱）

　　嘴里说着快快走，

　　心中不免又留恋。

凤　仙 （唱）

　　咱与他俩无仇怨，

　　两对夫妻可相安。

刘罗汉 （唱）

　　抬头不见低头见，

　　一山二虎怎相安？

凤　仙 （唱）

　　要不咱们先成亲，

　　这儿办事还方便。

刘罗汉 （唱）

　　走吧走吧走了吧，

　　只怕是走晚了又起变迁。

　　〔身穿农民服装的伪军乙悄悄跑上。

伪军乙 （对刘罗汉）二掌柜的，快跑吧。

刘罗汉 （惊愕地）小苟，是你？你不是投八路去了吗？

伪军乙 俺娘老了，离不开，一直在家里猫着呢。

第九场

刘罗汉　你来干什么？

伪军乙　听俺在炮楼里当差的表叔说,鬼子把老贾抓去,严刑拷打,老贾顶不住,全秃噜出来了。鬼子马上要来抓你们了,快跑吧。

〔伪军乙匆匆下。

〔幕后传来汽车的轰鸣声,两道雪白的灯光照亮舞台。

〔幕后高呼:"鬼子来了,快跑吧!"

刘罗汉　(手拉着凤仙)九儿,占鳌,快跑吧,鬼子来了。

〔孙虎与众伙计跑上。

〔余占鳌一手握着枪,一手拉着九儿跑上。

刘罗汉　占鳌,你带着九儿和凤仙快跑,我来掩护。

余占鳌　鬼子是我杀的,天大的事儿我一人承担。

刘罗汉　(猛地夺下余占鳌手中枪)你们三个快走!我来抵抗。

九、凤　罗汉大哥!

刘罗汉　凤仙,九儿怀有身孕,你搀着她快跑。占鳌,你掩护她们,走啊!

九、凤、余　罗汉大哥!

［幕后汽车声、机枪扫射声、孩子哭叫声。

刘罗汉 九儿、凤仙、余占鳌,

（唱）

咱四人青梅竹马犹如一母四同胞。

咱一起下河摸鱼掏螃蟹,

咱一起追赶蚂蚱野地跑。

咱一起踩曲把歌唱,

咱一起打闹一起笑。

咱生逢乱世命不好。

咱感情纠缠阴差阳错,

直刀难对葫芦瓢。

我一生软弱没出息,

违心的事儿知多少?

今逢这危急关头让我硬一回,

凤仙啊,欠你的情来世报。

九儿啊,你女儿身躯男儿胆,

将来必定有大造。

占鳌啊,你带着她俩往南走,

翻过南岭过洪桥。

洪桥镇上有八路，

举着义旗把兵招。

你带着她俩投八路，

就算上了阳关道。

快跑快跑快快跑，

鬼子眨眼就来到。

（举起枪对准太阳穴）

如果你们还不走，

我先把自己开了瓢。

九、凤、余 罗汉大哥！

刘罗汉 快走！

［余占鳌一手拉九儿，一手拉凤仙急下。

［鬼子逼近。

［刘罗汉举枪射击，打倒一个鬼子。

日军军官 捉活的！

［刘罗汉将枪口抵在太阳穴上，猛扣扳机，哑火。他将枪对着鬼子投过去。

［鬼子用刺刀逼住了他。

第十场

［东倒西歪的高粱道具。

［日本军旗。

［狼狗的狂吠。

日军军官 带刘罗汉——

翻译官 带刘罗汉——

刘罗汉 （内唱）

咬牙关忍剧痛挺起胸膛——

［鬼子兵押着伤痕累累、血迹斑斑的刘罗汉上。

（接唱）

不弯腰，不下跪，

男儿流血不流泪。

老虎凳,辣椒水,

皮鞭抽打皮肉碎,

宁死不降我骂奸贼。

日军军官 说,余占鳌和戴九儿藏在哪儿?

翻译官 说!余占鳌、戴九儿在哪儿?

刘罗汉 (唱)

他们都是飞毛腿,

跑到天边难追回。

日军军官 (指群众)你的不说,他们通通地死啦死啦。

刘罗汉 (唱)

余占鳌英雄汉敢作敢为,

青纱帐杀鬼子正当自卫。

你们都是缺德的鬼,

迟早要遭报应天打五雷。

〔鬼子兵把刘罗汉绑在木桩上。

〔诸多村民被押上来。

日军军官 说不说,不说就剥你的皮。

〔一伪军将一把杀猪刀扔在刘罗汉面前。

刘罗汉 (唱)

抬眼看遍野的高粱红似火,

学先烈宁死不屈视死如归。

数十年与人为善不逞强,

有理也让人三五分。

想当初给鬼子下了跪,

至今想起仍后悔。

怕是非,是非随,

不怕是非没是非。

挺胸抬头是大是,

屈膝求饶是大非。

小事可以装糊涂,

大事必须辨是非。

〔鬼子将孙虎从人群中揪出来。

日军军官 (指指地上的杀猪刀)你的,剥他的皮。

孙　虎 太君,太君,我是大大的良民,我没杀过猪,也没杀过鸡,我什么都没杀过。

日军军官 你不剥他的皮,就剥你的皮。

孙　虎 (跪在刘罗汉面前)罗汉大哥,二掌柜的,你说了吧,别硬扛了……

刘罗汉　孙虎,你给我站起来!

（唱）

叫孙虎你站起来挺直腰板,

听大哥把心中的话儿对你谈。

咱跪天跪地跪父母,

决不能在敌人面前把腿弯。

[孙虎哆嗦着站起来。

[鬼子官咕噜了几句日本话。

翻译官　说吧,余占鳌和戴九儿藏在哪里?（指群众）这些人里边,谁是皇军的敌人?

刘罗汉　（唱）

他们参加了游击队,

骑着高头大马奔赴战场杀恶贼。

（白）

小鬼子,四万万中国人,都是你们的敌人,你们是秋后的蚂蚱,蹦跶不了几天了。

日军军官　（气急败坏地）剥他的皮!

翻译官　（踢了孙虎一脚）皇军让你剥他的皮!

孙　虎　太君,太君,我连杀鸡都不敢啊,我见血就晕啊!

刘罗汉 孙虎兄弟,硬起来,别在日本人面前装尿!

日军军官 拿起刀!

翻译官 把刀捡起来!

孙　虎 (弯腰捡起刀,哆嗦着)太君,太君,罗汉大哥,罗汉大哥……

刘罗汉 不许叫太君!叫小鬼子!小鬼子,你们不得好死啊!

孙　虎 (哆嗦着)大哥,大哥……

刘罗汉 (圆睁双眼)给我个痛快的!

〔孙虎猛地将刘罗汉刺死,然后持刀向日军军官扑去。乱枪齐发,孙虎倒地牺牲。

群　众 罗汉大哥!孙虎兄弟!

〔苍凉悲壮的唢呐声中,幕落。

第十一场

［前场景。木桩上血迹斑斑。
［悲壮的音乐声。

九、凤 （一起跑上）罗汉大哥,孙虎兄弟……

九　儿 （唱）

高粱红太阳红天地通红,

（白）

孙虎兄弟啊,罗汉大哥啊!

（唱）

你们是顶天立地的大英雄。

凤　仙 （唱）

平日里你看似窝囊不中用,

关键时刻腰杆儿挺。

九、凤　（合唱）

你腰杆儿挺,骨头硬,

面对恶魔敢抗争。

宁死不屈人人敬,

流芳千古传美名。

〔余占鳌带领众乡亲和酒坊伙计上。他们抱着酒坛,拿着鸟枪土炮、扁担木棍。

九　儿　（唱）

人越忍,鬼越凶。

豁上命,往前冲。

再不能委曲求全当奴才,

再不能忍气吞声做孬种。

红高粱酿出的高粱酒,

烈火熊熊照长空。

余占鳌　九儿,我们把酒庄里的好酒都埋在桥头上了,等鬼子汽车过来时,就点火引爆,炸他个七零八落,烧他个片甲不留!

〔凤仙搬着一摞大黑碗分给众人。

九　儿　（唱）

临战喝一碗高粱酒，

胸中发热豪气增。

〔余占鳌为众人倒酒。

众　人　（合唱）

高粱酒，本不红，

英雄热血染它红。

残阳如血映它红。

野火熊熊照它红。

儿女爱情逼它红。

众人齐心催它红。

红红的高粱酒啊，

高粱酒红红。

点上一把火啊，

为小鬼子来送终。

〔幕后喊声："鬼子的汽车来了——"

〔众人饮酒，抛碗。

〔高粱道具上场，人皆隐于其后。

〔汽车灯光交叉扫过。

〔枪声。

〔幕后高喊:"高粱酒没爆炸!"

〔鬼子与余占鳌等人在高粱道具间拼杀格斗,互有伤亡。

〔余占鳌受伤被背下。

〔余占鳌大喊:"引爆高粱酒!引爆高粱酒!"

九　儿　(抱着一坛高粱酒冲上,酒坛口冒着火苗子)

(唱)

占鳌他身负重伤不能再战,

乡亲们眼看要遭大难。

高粱酒是好汉魂,

高粱酒是英雄胆,

引爆高粱酒腾起烈焰,

与鬼子同归于尽殉河山。

〔在另一表演区,余占鳌挣扎着。

余占鳌　九儿,你回来,让我去。

〔枪响,余占鳌中弹扑倒。

〔凤仙弯着腰上。

〔九儿腿部中弹,跌倒在地。她拖着酒坛向

前爬行。

　　［凤仙冲到九儿身边，夺过酒坛，立直身体，抱着酒坛，向前冲去。

　　［轰然爆炸，火光冲天。

九　儿　（伏地，前身抬起，一手前伸）凤仙——！

众　人　凤仙——！

　　［激昂的音乐声中，众人从高粱道具后站出来。

众　人　（合唱）

　　妹妹你大胆地朝前走，

　　义无反顾莫回头。

　　热血洒遍自由路，

　　熊熊烈火烧野牛。

——剧终

檀香刑

(与李云涛合著)

剧 中 人 物

眉　娘——孙丙的女儿。女高音。

孙　丙——戏班班主,眉娘的亲爹。戏曲男高音。

钱　丁——高密知县,眉娘的干爹。男高音。

赵　甲——刽子手,眉娘的公爹。男中音。

夫　人——知县钱丁的夫人。女中音。

小　甲——屠夫,赵甲的儿子,眉娘的丈夫。男高音。

小山子——叫花子。男高音。

琴书艺人。

都统大人、士兵、叫花子、乡民等群众演员若干人。

序　幕

琴书艺人　（唱）

　　表的是，

　　胶东半岛高密县城，

　　这一年，

　　从青岛发来了德国的兵。

　　他们在庄稼地里修铁道，

　　扒了俺的祖坟还要蛮横。

　　孙丙他带领众人去抗战，

　　那大炮呼隆隆隆响连声。

　　东北乡里战火起，

　　遍地的死人数也数不清。

孙眉娘，好面容，

好比玉环重降生。

眉娘她本是孙丙的女，

竟敢与知县来偷情。

高密知县是钱丁，

他率领衙役去抓了孙丙。

德国鬼子心肠黑，

他们要对孙丙施酷刑。

施刑的刽子手名赵甲，

他本是眉娘的老公公。

（白）

——这下热闹了！

〔欢快的音乐声中，俊男靓女们三五成群，欢欢喜喜、热热闹闹上场。人越来越多，围在搭起的秋千架旁，嘻嘻笑笑，指指点点……

合　唱　清明节，三月三，

艳阳高照晴朗朗的天。

梨花儿白，桃花儿艳，

我们来看孙眉娘打秋千。

[眉娘手拿一把油纸伞夹杂在人群中,打扮得格外突出,被男青年们拉扯一般推到了舞台中央。

眉　娘　(眉娘的咏叹调)《人生最美荡秋千》

(唱)

清明节,三月三,

艳阳高照晴朗朗的天。

干爹竖好了秋千架,

眉娘我来打秋千。

穿上新衣服,清水净了面,

胭脂擦了腮,官粉搽了脸,

头上抹了桂花油,

来到了红男绿女间。

你们这些青皮流氓小光棍(儿),

今天看老娘给你们把技炫,

让你们知道这秋千该是怎么个荡法。

我悠上去了。

众乡民　噢——

眉　　娘　（唱）

　　　　　我荡回来了。

众乡民　哇——

眉　　娘　（唱）

　　　　　展翅膀，飞上天，

　　　　　人生最美荡秋千。

　　　　［陶醉在梦境之中。

眉　　娘　（唱）

　　　　　人生短暂仿佛梦境，

　　　　　钱财无用最重感情。

　　　　　干爹钱丁高密县令，

　　　　　人物潇洒玉树临风。

　　　　　闲言碎语冷嘲热讽，

　　　　　我行我素一意孤行。

　　　　　敢哭敢笑敢浪敢闹，

　　　　　风风火火，快快乐乐，度过此生。

　　　　［幕后突然有人大喊："不好了——孙丙带领东北乡的刁民造反啦！"

　　　　［众人闻喊声，边议论边纷纷退场："走啊，走

啦。""出什么事了?""可能出大事了!出人命啦——""孙丙被县太爷抓到县衙了——"

　　〔眉娘跳下秋千板,懊恼、怨恨。

眉　娘　(唱)

　　亲爹啊,你做事太荒唐,

　　你该去走街串巷唱猫腔,

　　扮那些才子佳人帝王将相,

　　将家仇国恨编进戏,

　　让子孙后代来传唱。

　　你不该起兵来抗德,

　　拿着鸡蛋撞高墙。

　　干爹啊,你太无情,

　　你和我爹都是美髯公,

　　应该惺惺惜惺惺。

　　你把我爹捉进狱,

　　这里边一定有隐情。

　　〔小甲傻不愣登,左顾右盼上场,对着眉娘大声喊叫。

小　甲　媳妇——媳妇——俺爹他回来了,真的,俺爹从京城回来了!

眉　娘　（唱）

奇怪奇怪真奇怪,

天上掉下个公爹来。

本来只有两个爹,

一个亲爹,一个干爹,

这公爹,是哪里钻出来的大尾巴狼?

（急忙拉住小甲的手）

眉娘我急急忙忙回家转,

满肚子疑惑暗盘算,

是哪重天上的神仙下了凡?

让我开开眼!

第一幕

琴书艺人　（唱）

常言道,

南斗主死北斗司生,

人随王法草随风。

人心似铁,官法如炉,

石头再硬也怕铁锤崩。

（白）

到了家的大实话!

（唱）

老赵甲,

大清第一刽子手,

刑部大堂有威名。

这家伙不吃软来不吃硬，

他心肠狠，效忠朝廷，

可不是一盏省油的灯。

〖眉娘家。

〖院子正中央放着一把硕大的紫红色檀木椅子。赵甲双手捻着一串檀香木佛珠，时而围着椅子转来转去，时而虔诚地用一团丝绵擦拭着椅子。

〖高密县令钱丁和两个衙役上场。

〖赵甲傲慢地端坐在椅子上。

〖衙役："知县大人到——！"

〖赵甲闭目养神。

〖二衙役大怒，上前拉扯赵甲，被钱丁制止。

〖钱丁抱拳施礼，道："阁下可是京城刑部大堂的刽子手赵甲？"

〖赵甲爱理不理地哼哼了两声。

〖钱丁："本官奉山东巡抚袁大人之命，请您执掌檀香刑。"

赵 甲 （唱）

你似乎有眼无珠，

不懂皇家的规矩。

钱　丁　（唱）

我奉命以礼相请，

他却在作威作福。

赵　甲　（唱）

我来自天堂，我来自地狱，

我是天老爷的宠儿，

我是阎王爷的门徒。

　　〔钱丁示意，两个衙役架着赵甲的胳膊将他从椅子上拖下来。

赵　甲　钱大人！（指着椅子）你认识这把椅子吗？

（唱）

这是万岁爷的龙椅，

是皇太后的赏赐！

（坐回椅子）你该怎么做？

难道还要我教你？

钱　丁　（无奈地甩袖跪在椅前）臣高密知县钱丁敬祝皇上、皇太后万岁万岁万万岁！

赵　甲　这还差不离儿。

钱　丁　请吧,赵姥姥!

赵　甲　你请得动我,但你请得动这把龙椅吗? 回去禀报袁大人吧,让他亲自来。

　　〔钱丁与衙役下。

　　〔小甲、眉娘上。

　　〔小甲献殷勤般地向他的爹介绍:"爹,这是俺媳妇,俺娘给俺讨的。"

　　〔眉娘:"儿媳叩见公爹!"

　　〔眉娘小心翼翼,眼睛发愣,盯着赵甲。

赵　甲　(赵甲的咏叹调)《我是首席刽子手》

　　(唱)

　　我的个风流儿媳妇,

　　你把眼睛瞪得那样大干什么?

　　难道不怕把眼珠子迸出来吗?

　　不错,你公爹我确实是个刽子手,

　　京城刑部大堂的首席刽子手,

　　这碗饭吃了整整四十年,

　　砍下的人头盈车满船。

知道"戊戌六君子"人头怎么落得地？

那都是我的杰作！

(大声,近似喊叫)我的杰作啊！

(陶醉般地)无比崇高的职业。

你还瞪什么眼？

"行行出状元！"

知道这句话是谁说的吗？

(眼睛盯着椅子,双手托着那串佛珠,感恩戴德地)慈——禧——皇——太——后——！

看到这把椅子了吧？

这可不是一般的椅子,

这是皇上和太后赐给我的。

哼……

你,还敢对着我瞪眼(吗)？

《眉娘与赵甲的对唱(一)》

眉　娘　(唱)

他是个魔鬼,他不是人,

他是人的躯壳鬼的魂。

赵　甲　(唱)

(三次重复)行行出状元!

我本想,

告老还乡,隐姓埋名,

颐养天年,修身养性。

不承想你那亲爹孙丙,

扯旗造反,妖法惑众,

触犯了王朝法律,

引起了列国纷争。

为了江山永固,皇家安定,

山东巡抚袁大人请咱出山,

执掌"檀香刑"。

眉　娘　(唱)

(乞求般地)俺听说您在京城大名鼎鼎,

为朝廷做事,八面威风。

您老人家见过大世面,

您面子大,救救俺亲爹性命!

〔眉娘抽泣。

赵　甲　(唱)

你哭也没用,恨也没用,

咱受过当今皇太后的恩宠,

士为知己而死,鸟为知音而鸣,

如果不干,咱就对不起朝廷。

我不杀他,别人也会杀了他。

(白)

放心——

(唱)

我会让你爹流芳百世,

我会让你爹的死变成一场大戏,

你就等着看吧。

眉 娘 (唱)

(回忆般地)马桑河草美水清,

马桑镇人杰地灵。

自从德国人来到这里,

东北乡从此不得安宁。

丧尽天良的强盗兵,

害了俺一家三口人的性命。

俺亲爹起兵报仇无罪,

强盗杀人才犯了滔天罪行。

赵　甲　（唱）

　　你不要再惹事端，

　　凡事三思而行。

　　洋人修铁路，朝廷已答应，

　　与你爹何干？

　　现在他可是德国人点名要的重犯。

　　别说高密县你那个钱大老爷救不了他，

　　就是山东省的袁大人也不敢做主放了他。

　　你爹是死定了！

　　《眉娘与赵甲的对唱（二）》

眉　娘　（唱）

　　他就是一个畜生！

赵　甲　（唱）

　　她的心情可以理解，

　　毕竟是亲爹受酷刑。

眉　娘　（唱）

　　眉娘我怎么办？怎么办？

　　宁愿豁出脸面找干爹去求情。

赵　甲　（唱）

　　　　我看没用了，

　　　　孙丙咽气之日，

　　　　就是你干爹倒霉之时。

眉　娘　（唱）

　　　　你要给俺爹上什么刑？

赵　甲　（唱）

　　　　檀香刑——！

　　　　多么典雅、响亮的名字！

眉　娘　（唱）

　　　　何谓"檀香刑"？

赵　甲　（唱）

　　　　就是往他的身体里钉檀木橛子。

　　　　你爹是死定了……

　　　　［小甲围着赵甲转圈并上下打量，表现出对赵甲的无比崇拜。赵甲不屑一顾。

小　甲　爹，你真厉害！你太厉害了。（对观众）俺爹不是豆腐渣，是个金刚钻。

　　　　［小甲转身欲走。

赵　甲　小甲，你要到哪里去？

小　甲　俺要去杀猪。

赵　甲　（唱）

　　　　我的傻儿子，

　　　　你就准备改行吧，

　　　　同样是个"杀"字，

　　　　杀猪下三烂，杀人上青天。

　　　　（怜悯而又神秘地看着小甲）

　　　　好儿子，歇着吧，明天跟我去干大活……

第二幕

琴书艺人 （唱）

听说要用檀木橛子把（那）孙丙钉，

孙眉娘顿时就慌了情。

一路奔跑到了县衙,

想闯进（那）衙门找钱丁。

县衙大门紧紧地闭,

门口站着（那）两群兵。

左边是袁世凯的武卫队,

右边是克罗德的德国兵。

他们眼睛瞪得赛铜铃,

还龇牙咧嘴地耍威风。

吓得（个）眉娘心窝里打鼓腿发颤,

一腔蹲在(那)地流平……

为了救亲爹一条命,

她要豁出破头撞金钟。

进得了县衙西花厅,

与她的干爹,县太爷钱丁先叙旧情。

[西花厅内,壁上悬挂着两只白鹭相对而舞的图画。

[知县钱丁抚胸长叹:"白鹭啊,白鹭!"

钱　丁（唱）

见白鹭想起我官居六品,

十年寒窗出身名门。

逢乱世屈就这高密小县,

忍气吞声,违背初心,

夹缝里生存。

（白）

国家将败,必出妖怪啊!

（唱）

他竟说见龙椅如见君王,

细思量,太荒唐,

满朝文武谁开腔?

刽子手,下九流,

妄自尊大趾高气扬。

悔恨错把孙丙抓,

愧对红颜知己小眉娘。

且忍下这口气拖延时光,

想巧计救孙丙逃出牢房。

[月色皎洁明亮,繁星点点。

[县衙西花厅外。(第二表演区)

眉　娘　(眉娘的咏叹调,充满幻想)《相思曲》

(唱)

天啊,老天爷啊,

把我们变成两只白鹭吧,

让我们翩翩起舞并肩登上高峰。

老天爷,求求您啦,

让我们永远不分开,

相伴一生。

鸟儿啊,

把你的血给我一滴吧,

一颗红豆,晶莹透明,

让我去实现美好的梦。

鸟儿啊,

我就是你啊,你就是风,

轻轻吹来,匆匆离去,

何时吹入他心中?

鸟儿啊,

请你分一点幸福给我,

就一点点,不敢贪心,

我是个被爱烧焦了心的女人……

心上的人啊!我亲爱的鸟儿,

你已经进入了我的灵魂。

鸟儿啊鸟儿,

你赶紧去飞行,

你已经载不动我的相思我的情。

我的相思我的情,

好似那一树繁花散发着芳馨。

一朵花就是我的一句情话,

一树繁花就是我的千言万语。

啊!

鸟儿啊!我的亲人啊!

［眉娘进入西花厅。

［知县钱丁见眉娘后既吃惊又激动。

(眉娘与钱丁的对唱、重唱及合唱)《月光如水》

钱　丁　(唱)

眉娘,我的心肝,

你什么时候像鸟儿一样

飞到我的身边?

是什么让你喜上眉梢,

为什么泪水濡湿了你的脸?

眉　娘　(唱)

老爷,我的宝贝,

眉娘我早已为你敞开了心扉,

　　　　难道你真的不知，

　　　　眉娘为了你夜不能寐？

钱　丁　（唱）

　　　　春光里丁香花开芳香扑鼻，

眉　娘　（唱）

　　　　我心中一潭春水碧波荡漾。

钱　丁　（唱）

　　　　你让我心花怒放，

眉　娘　（唱）

　　　　你让我心头鹿撞。

眉、钱　（唱）

　　　　你给我带来了多少美好的时光……

合　唱　今夜月光如水，

　　　　今夜鲜花芬芳，

　　　　今夜星光灿烂，

　　　　今夜美酒飘香。

眉　娘　（唱）

　　　　我的宝贝！

钱　丁　（唱）

我的眉娘!

[美妙的音乐在回荡。

[知县夫人突然闯入,情敌相见分外眼红。

(钱丁、知县夫人与眉娘的对唱)

夫　人　（唱）

你是谁?

眉　娘　（唱）

我是孙眉娘。

夫　人　（唱）

你就是那个卖狗肉的狐狸精。

眉　娘　（唱）

夫人,俺对你无比敬重!

夫　人　（唱）

既然敬重,为何与我的丈夫偷情?

眉　娘　（唱）

请原谅眉娘无德,

俺也是心怀歉疚,

但难以自控。

夫　人　（对钱丁）

（唱）

好一个两榜进士，朝廷命官，

竟敢与民女偷情！

钱　丁　（唱）

请夫人放量海涵，

原谅我猫儿偷腥。

夫　人　（唱）

我允你养小纳妾，

但不许你与民女通奸，败坏官声。

你不怕触犯国法？

不怕摘除顶戴花翎？

眉　娘　（唱）

天大的罪名由俺一人来担承。

夫　人　（唱）

想不到你还有几分勇气。

眉　娘　（唱）

为了老爷俺愿意豁出性命。

夫　人　（唱）

你若不是活人妻，我会让老爷纳你为妾。

眉　娘　（唱）

　　　　眉娘从不敢做这样的美梦。

夫　人　（唱）

　　　　那你就速速离开，

　　　　再不要私入官衙卖弄风情。

　　　　［眉娘跪地。

眉　娘　（唱）

　　　　求夫人开恩，

　　　　请老爷下令，

　　　　救俺亲爹一条性命。

　　　　［夫人扶起眉娘，转身对钱丁。

夫　人　（唱）

　　　　夫君啊夫君，

　　　　你文韬武略，侠肝义胆，

　　　　难为你身处在夹缝中。

　　　　孙丙抗德是条汉子，

　　　　你是否要救他的性命？

钱　丁　（唱）

　　　　孙丙是朝廷钦犯，

现今在南牢严加看管，

即使钱丁有三头六臂，

也难将他救出牢监。

夫　人　（唱）

夫君绝顶聪明，

如果想救，自有妙计心头生。

钱　丁　（唱）

如果我救了孙丙，

一旦泄露真情，

丢掉官职事小，

只怕要株连九族，

连累夫人性命。

夫　人　（唱）

贱妾本已是残花败柳，

夫君不必担忧。

眼前有两条道路，

且看夫君你如何走？

钱　丁　（唱）

县城里有一群叫花子，

闯江湖讲良心很重义气,

你要去见朱八爷,

设法进南牢偷梁换柱,

找替身赴刑场替孙丙一死。

眉　娘　(唱)

不要,不要,这怎么可以?

钱　丁　(唱)

没有别的办法,只有这样了,赶紧去吧!

夫　人　(唱)

赶紧去吧!

[钱丁、夫人下场。

眉　娘　(眉娘的咏叹调,无限感慨地)《眉娘的心已被撕开》

夫人啊! 老爷!

眉娘虽卑贱,也是一个人。

眉娘虽风流,也有自尊心。

开花就会结果,我已怀有身孕。

我不怕死,我不能死,

眉娘的身体已不属于我自己。

我要孩儿生,我要亲爹在,

眉娘的心(哪)已被撕开。

第三幕

琴书艺人 (模仿朱八爷腔调)孙家眉娘,朱八爷我看在和你爹多年交情的分儿上,我一定想法儿把他救出来。好了,不用谢我,听我慢慢给你说……

(唱)

咱家定下了一条妙计,

买通了县衙看牢的,

咱家也找好了替死鬼,

(白)

你看,这是我的徒弟小山子,长得跟你爹有些像吧?

(唱)

他自愿赴刑场替你爹去死。

眉　娘　（唱）

　　眉娘我听罢跪在地当央，

　　对着小山子磕头响。

　　大叔您品德高尚，

　　大叔您千古流芳，

　　（白）

　　大叔，只要俺爹能活着出来，我一定想办法让他把您编进猫腔戏里，

　　（唱）

　　让千人传诵万人唱。

琴书艺人　好，好，好！好戏又开场了！

　　〔夜，眉娘和几个叫花子行进在去县衙南牢的路上。

四叫花子　（叫花子的四重唱）《救出孙丙大英雄》

　　（唱）

　　隆里格隆，隆里格隆，

　　好似那流水急急风。

　　唰唰唰，噌噌噌，

拐过了大街串胡同。

　　我们今晚要劫大牢,

　　救出那孙丙大英雄。

　　〔孙眉娘和众叫花子来到南牢,贿赂看守后进得牢房。

　　〔孙丙蓬头垢面,因事情来得突然,显得有些慌乱和惊恐。

孙　丙　你们来干什么?你们来干什么?

眉　娘　爹啊,你醒醒吧,是女儿救你来了。

　　〔小山子身穿和孙丙相同的服装,迅速撩乱头发,和孙丙颇有几分相似。

　　〔其他叫花子七拉八拽将孙丙拖到牢门口。

　　〔孙丙故作镇静,拿出一副唱戏的范儿。

孙　丙　(韵白)我不怕,我不走,如果我怕死脱逃,被人家编进戏里,岂不落下千古的骂名?

眉　娘　爹啊,求求你了,你就别演戏了。

　　〔叫喊声惊动了衙役和德国兵,脚步声、枪声阵阵响起……一士兵喊:"有刺客——"

　　〔叫花子们无奈地将孙丙击昏,拉眉娘沿着

更道逃跑。

〔小山子照顾孙丙。

〔幕后不断传来士兵的脚步声和枪声,叫花子一个个中枪倒下。

〔场景转换。

〔眉娘踉踉跄跄跑到东花厅外。突然闪出一个人影,将眉娘拖进了东花厅。

〔幽暗的烛光下,眉娘看清了夫人的脸。

〔眉娘欲问,夫人制止。

〔突然响起了敲门声,敲门声变成了砸门声。知县夫人刚把眉娘掩藏好,都统大人带领一班士兵闯入。

〔都统大人:"夫人,遵照袁大人的命令,卑职前来搜捕刺客!"

〔知县夫人:"都统大人,你们真是欺人太甚!"

夫　人　(知县夫人的咏叹调)《我要以死作抗争》

(唱)

我外祖父曾国藩,

　　　　　率兵出征,军纪严明,

　　　　　为兵者不进私人内宅,

　　　　　是他制定的一条纲领。

　　　　　你们欺负曾家衰败,

　　　　　才敢这样胆大妄为,无义无情。

　　　　　你们还是大清朝的臣子吗?

　　　　　你们家中难道没有妻子儿女吗?

　　　　　士可杀而不可辱,

　　　　　女可死而不可污,

　　　　　我要以死作抗争!

都统大人　(思索片刻)夫人言重了。撤——

　　　　[都统大人挥挥手,带众士兵下。

　　　　[眉娘从掩藏处出来。

　　　　(眉娘、夫人、钱丁的对唱与重唱)

眉　娘　(唱)

　　　　　口未开,意难尽,

　　　　　眉娘深深感激夫人,

　　　　　谢夫人救命之恩!

夫　人　(唱)

听说你有孕在身?

眉　娘　(唱)

民女年幼无知,

如有冒犯夫人之处,

还请夫人多多原谅,多多海涵。

俗言道,

大人不记小人过,

夫人肚里能撑船。

夫　人　(唱)

想不到你还有这样一副伶牙俐齿,

你能保证这孩子是老爷的?

眉　娘　(唱)

我保证,

请夫人相信,

我肚里怀的是老爷的一条根。

［幕后传来:"知县大人回来了!"钱丁急匆匆冲进厅内,百感交集。

钱　丁　夫人,下官无能,让你受了惊吓!

（知县夫人、钱丁与眉娘的对唱）

夫　人　（唱）

　　　　夫君，

　　　　贱妾自作主张，

　　　　替你金屋藏佳人！

　　　　是送她走,还是将她留？

钱　丁　（唱）

　　　　你愿意走,还是愿意留？

眉　娘　（唱）

　　　　我不想走！但必须走！我要去救我的亲爹！

　　　　不让夫人蒙羞！

　　　〔知县夫人抬手示意,眉娘转身急急离开东花厅。

　　　〔夫人内心复杂地退出东花厅。

钱　丁　（钱丁的咏叹调）《大清朝,你就亡了吧!》

　　　　（唱）

　　　　夫人啊！

　　　　咱们夫妻风风雨雨十几年，

　　　　虽然至今没有熬下一男半女，

　　　　却也是夫唱妇随,齐眉举案。

　　　　你深明大义,不计前嫌，

为夫我心不安。

多多保重吧!

你要有个三长两短,

谁为我钱丁烧化纸钱?

合　唱　鸟之将死,其鸣也哀;

人之将死,其言也善。

钱　丁　(唱)

承天启运的大皇帝,

至尊至贵的皇太后,

你们可是万乘之尊啊!

怎能不顾身份,

赏赐一个刽子手?

我虽然官微人轻,

可也是两榜进士,堂堂正正。

老赵甲妄自尊大,

让我蒙受奇耻大辱,

怎不让我怒火填膺。

合　唱　生在这乱世,为官为民都不易。

钱　丁　（唱）

　　眉娘啊，眉娘，

　　你爹是一个大英雄，

　　我心中对他早有崇敬。

　　为讨公道举义旗揭竿而起，

　　他是条好汉子浑身血性。

　　虽说是马桑镇因他遭殃，

　　却也是兴中华灭洋鬼拯救苍生。

　　大清朝啊，

　　你这摇摇欲坠的大厦，

　　要倒你就趁早倒了吧，

　　要亡你就痛痛快快地亡了吧！

　　何必这样不死不活、

　　不阴不阳地硬撑着。

第四幕

琴书艺人 （唱）

昨夜晚众人（他）救孙丙劫了牢房，

设巧计出奇谋偷柱换梁，

孙丙他拿定了主意要上刑场，

落得个二人被抓一起会审到了（那）大堂。

（白）

但见那，大堂上的士兵威武，

（唱）

孙丙跟小山子倒在那跪石上，

（白）

哎——

（唱）

他俩却演起了真假美猴王。

[幕启。

[场景一,虚拟大堂。

琴书艺人 袁世凯坐在大堂上。

[琴书艺人以袁世凯的口吻审问孙丙。

琴书艺人 堂下歹徒,报上姓名!

孙　丙 哈……

(唱)

袁大人真是贵人眼拙,

我行不改姓,坐不改名,

我就是率众抗德的大首领,

猫腔戏班班主孙丙。

琴书艺人 你是孙丙!那么他又是谁啊?

小山子 哈……

(唱)

袁大人真是贵人眼拙,

我行不改姓,坐不改名,

我就是率众抗德的大首领,

猫腔戏班班主孙丙。

［孙丙与小山子激动地站起来，双手抱拳，互相施礼。

孙　丙　小山兄弟，别来无恙！

小山子　小山兄弟，别来无恙！

孙　丙　你何必说你是孙丙？

小山子　你何必说你是孙丙？

孙　丙　你何必非要替我去死？

小山子　你何必非要替我去死？

孙　丙　小山子，你这个浑蛋！

小山子　小山子，你这个浑蛋！

琴书艺人　别吵，别吵，给我跪下答话！

孙　丙　（唱）

　　我是那风中竹宁折不弯。

小山子　（唱）

　　我是那山中玉不为瓦全。

孙　丙　（唱）

　　要我下跪万不能。

小山子　（唱）

要杀要砍随你便。

［孙丙和小山子一样的姿势并排站在一起。

琴书艺人 嘿,本抚做官多年,什么样的奇人怪事都见过,还没听说过争着要死的事咧。好,先把他们押到死囚牢,明天一起去执行"檀香刑"。

［场景二,南牢,孙丙监室。

(孙丙、小山子、眉娘的对唱与重唱、合唱)

《我要用我的死唤醒天下人》

孙　丙 (唱)

小山子,我的好兄弟,

你毁容入狱忠义千秋,

足够青史之上把名留。

虽然你供出实情也难免被砍头,

但砍头总比檀香刑的滋味要好受。

小山子 (唱)

天下有叫花子享不了的福,

但没有叫花子受不了的罪。

我劝你不要承认是孙丙,

　　　　让我代你去受檀香刑。

　　　　你是我心中的大英雄，

　　　　我愿意替你去死，

　　　　成就的还是你的美名。

合　唱　孙丙啊孙丙，

　　　　你是个大英雄，

　　　　我们心中的大英雄。

　　　[第二表演区。

眉　娘　（唱）

　　　　亲爹啊，你胆大包天，

　　　　这一祸闯得可算是惊天动地。

　　　　你演了半辈子戏，

　　　　扮演的都是别人的故事，

　　　　这一次，

　　　　你注定了自己要进戏，

　　　　演到最后自己也成了戏。

孙　丙　（唱）

　　　　我一生的事迹要成为一场戏，

　　　　我演了半辈子戏，

　　　　我就是一场戏。

　　　　我如果逃跑,是一场贪生怕死的戏,

　　　　我让人替死,是一场不仁不义的戏,

　　　　我要演一场慷慨激昂的戏,

　　　　我要让人把我当成英雄写进戏,

　　　　我要用我的死唤醒天下人……

眉　娘　(第二表演区,与孙丙唱和)

　　　　你一生的事迹要成为一场戏,

　　　　你演了半辈子戏,

　　　　你就是一场戏。

　　　　是一场贪生怕死的戏,

　　　　是一场不仁不义的戏,

　　　　亲爹啊！慷慨激昂的戏,

　　　　你就是一个英雄,

　　　　唤醒天下人……

　　　〔几个士兵上场将小山子拉下。

　　　〔小山子大喊:"我是孙丙——我是孙丙——"

　　　〔士兵将小山子拖下。

　　　〔孙丙:"好兄弟啊——你先走一步吧——"

［场景转换。

琴书艺人　来来来,这个故事你听我接着往下讲——

（唱）

袁世凯,德国兵,

心狠手辣不通人性。

他们定下了虎狼计,

要给孙丙上酷刑。

这刑法实在太残忍,

让你死不了来活不成。

（白）

他们要用长长的檀木橛子穿进孙丙的身体,让他受刑后再活五天,一直等到青岛至高密的火车开通典礼。五天啊！真够狠的……

［场景三,刑场。孙丙被钉在十字架上。四周是围观的乡民。赵甲与小甲上场。

小　甲　（小甲的独唱）

（唱）

红衣大炮呼隆隆隆,

晴天里响雷刮大风,

跟着爹爹来执刑,

心里头开花——

红彤彤紫盈盈黄澄澄白生生蓝呀么蓝灵灵。

爹爹说,

杀人要比杀猪好,

乐得俺一蹦三尺高。

呜哩嗷嗷呜哩嗷——

〔赵甲与小甲在收拾着一些行刑的工具,并不时地观察孙丙。

孙　丙　(孙丙的咏叹调)《舍得我一死唤醒众乡党》

(唱)

身受檀香刑我嗅到了檀木的幽香,

舍得我一死唤醒众乡党。

孙丙我演戏三十载,

只有今日最辉煌。

抬头望高天上流云,

心中涌起阵阵悲凉,

低头看故乡的泥土,

仿佛妻儿就在我的身旁。

好男儿流血不流泪,

是大英雄怎能儿女情长。

常言道,

水来土掩,兵来将挡,

是好汉,一人做事一人当。

但愿得姓名早上封神榜,

猫腔戏里把名扬。

〔孙眉娘披头散发,衣衫凌乱上场。

(眉娘、赵甲、孙丙三人的唱段与众人的合唱)

眉　娘　（唱）

各位大人,各位乡绅,

孙眉娘给你们磕头了,

求你们了,

求你们救救俺爹吧。

合　唱　放了他吧——放了他吧——

〔眉娘欲救孙丙,赵甲纵身插在了孙丙和眉娘之间,他的眼睛里闪烁着冷冷的光芒,嘴里发

第四幕

出一声干笑。

赵　甲　（唱）

贤媳，醒醒梦吧，

你亲爹是朝廷的重犯，

放了他要诛灭九族的！

［孙眉娘气急败坏地在赵甲的脸上豁了一把。

眉　娘　（唱）

放了俺爹吧……求求你们，放了俺爹吧……

合　唱　孙丙闹事，事出有因。

妻女被害，急火攻心。

聚众造反，为民请命。

罪不当诛，法外开恩。

（白）

开开恩吧——放了他吧——开开恩吧——放了他吧——

［此起彼伏的呐喊声中，合唱队扮演的众乡民逐渐拥向舞台。一阵枪声，众乡民纷纷倒下。

［小甲魂不守舍地大喊着："放枪啦——杀人啦——"

[场面稍稍平息。孙丙有气无力地唱起了猫腔。

孙　丙　（唱）

一轮明月照当空，

高台上吹来田野的风。

我身受酷刑肝肠碎，

遥望故土眼含泪。

眉　娘　爹啊，这都啥时候了，你还有心唱戏。

[孙丙接连咳嗽。

[小甲有些慌乱："爹，不好了，孙丙要死了。"

赵　甲　快喂他参汤。

小　甲　啊——哦，知道了，喂他参汤。

孙　丙　我、我、我不喝——

赵　甲　（来到孙丙跟前，阴阳怪气地）

（唱）

好亲家，

咱们这是合演一场大戏，

没有你的配合观众不会满意，

你们唱戏的常说戏比天大，

你就好好演吧，不要错过时机。

第四幕　147

　　　　　这个舞台今天就留给了你和我，

　　　　　我定会好好地配合你。

眉　娘　（唱）

　　　　　放了俺爹吧……放了俺爹吧……

孙　丙　（极其痛苦地）

　　　　　（唱）

　　　　　让我死了吧……让我死了吧……

　　　　〔幕后衙役大声喊："知县大人巡视来了——"

　　　　钱丁急匆匆上台。

钱　丁　（钱丁的咏叹调）《让孙丙的英魂早日升天》

　　　　　（唱）

　　　　　悲悲悲，惨惨惨，

　　　　　演兵场上血流成河，

　　　　　升天台下死人成片。

　　　　　身为高密父母官，

　　　　　百姓丧命我痛彻心肝。

　　　　　如果孙丙不死，

　　　　　义勇百姓要被杀完。

　　　　　袁世凯，克洛德，

　　　　我宁愿一死也决不会让你们如愿。

　　　　老赵甲,你这个变态的狂徒,

　　　　我要让你的表演中断。

　　　　让我的百姓安全,

　　　　让孙丙的英魂升天,

　　　　让孙丙的英魂早日升天。

幕后合唱　孙丙啊孙丙,

　　　　　愿你的英魂早日升天!

　　〔紧张的打击乐持续不断。

　　〔钱丁快速跑上升天台欲刺死孙丙,结束他的痛苦。

　　〔小甲紧随其后:"狗官,住手——狗官,住手——"

　　〔小甲阻止,欲用身体挡住孙丙,不料被钱丁刺死。

　　〔赵甲:"我的儿啊……"

　　〔赵甲像一只凶猛的猎豹用头撞向钱丁,俩人从升天台滚到舞台上,赵甲顺势将钱丁骑在胯下,欲掐死钱丁。眉娘从背后将赵甲刺死,怔怔地站在原地。

[钱丁从赵甲背上拔出匕首,再一次奔向升天台,不敢面对孙丙:"孙丙,你该走了!"遂将匕首刺向孙丙的胸膛。

孙　丙　(吐出一口血,咽下最后一口气,有气无力地)戏……演完了……

眉　娘　(眉娘的咏叹调)《望乡》

　　戏演完了大幕将掩,

　　大地无声河水呜咽。

　　遥望家乡云烟弥漫,

　　儿时光景如在眼前。

　　曾记得,

　　随家父进戏班四乡巡演,

　　人中戏戏中人难以分辨。

　　人生本是一场戏,

　　曲终人散离合悲欢。

　　有的戏没开演已经演完!

　　有的戏演完了重新上演!

　　[尾奏起,眉娘撕心裂肺地喊:"爹——"扑向孙丙,众人拦挡。紧接尾声。

尾 声

［悲歌(唢呐手)。
［葬礼,大殡的场面。

合　唱　《咏檀》

檀木原产深山中,秋来开花血样红。

亭亭玉立十八丈,树中丈夫林中雄。

都说那檀口轻启美人曲,凤歌燕语啼娇莺。

都说那檀郎亲切美姿容,抛果盈车传美名。

都说是檀板清越换新声,梨园弟子唱升平。

都说是檀车煌煌戎马行,秦时明月汉时兵。

都说是檀香缭绕操琴曲,武侯巧计保空城。

都说是檀越本是佛家友,乐善好施积阴功。

……

谁见过檀木橛子把人钉,王朝末日缺德刑。

——剧终

附 录

《高粱酒》改编后记

三十二年前,拙作《红高粱》首发于《人民文学》。当时,《人民文学》主编是王蒙先生,小说组的负责人是朱伟先生。这部中篇的准确写作时间是一九八五年的深秋,是为了纪念抗日战争胜利四十周年而作。那时我正在解放军艺术学院文学系学习,初生牛犊,不知天高地厚,经常口出狂言,现在想起来,很是后悔。当时,学院的条件很差,我是在阶梯教室里,借着闪烁不定的灯光,完成这部作品的。稿子写完后,就给了朱伟。春节期间我在高密,接到了朱伟的来信,他说王蒙主编对这篇小说大加赞赏,准备在三月份头条发表。这封信让我整个春节假期都处在兴奋之中。

小说发表后，得到了很好的评价，我记得第一篇肯定的文章是从维熙先生写的，题目叫作《"五老峰"下荡轻舟》。"五老峰"具体所指，我记不清楚了，大概是指此类题材创作中的一些老套路。从先生也没有百分百肯定，他很中肯地提出了"奶奶"在高粱地里的大段抒情，显得"矫情"等问题。后来《文艺报》发表了李清泉先生的《赞赏与不赞赏都说》。此文充分肯定了《红高粱》的主要方面，也尖锐地批评了小说中诸如剥人皮等残酷的描写。当时我并不能够完全接受他的批评，但他的批评引起了我的反思。

之后，我陆续写了《高粱酒》《高粱殡》《狗道》《奇死》四个中篇，与《红高粱》合在一起，起了个总题目《红高粱家族》，作为一部长篇出版了。

一九八七年，张艺谋筹拍了电影《红高粱》，其中使用了包括《高粱酒》在内的两部中篇的素材。这部电影于一九八八年获得了西柏林国际电影节的金熊奖。当时，这是一件挺大的事，《人民日报》曾发过一整版的文章，题目叫作《〈红高粱〉西行》。

后来，郑晓龙导演又把这部小说改编成六十集电视连续剧,电视剧不仅使用了全部小说素材,还添加了很多人物和情节。电影用减法,电视剧用加法。

截止到现在,根据此小说改编的剧种有:评剧、晋剧、豫剧、茂腔,还有舞剧,还有一些剧种正在创作中。这些剧我或是到剧场看过,或是看过录像,感到都有自家的特色,都是在原作基础上的再创造,都对原作的境界有所提升。那为什么我还要自己再改一遍呢?

首先,我觉得小说中九儿嫁给麻风病人这个重要的情节,在小说中可以存在,但出现在舞台上,就让人感到心里不舒服。麻风病在过去的乡村,是个巨大的禁忌,我的小说中多次写到过麻风病人和与他们有关的故事。这些故事都是令人痛苦不已或扼腕叹息的,这是人类社会中一个伤疤,至今还在隐隐作痛。

在这个剧本中,我把麻风病人改成了肺病患者。更重要的是,我把这个在小说中像影子一样的人物,改成了一个有台词、有唱段、有性格的人物。估计读者或是观众,对这个人物不会有太多的反感了。

另外,原小说中尽管没有明写余占鳌是杀害单家父子的凶手,但在作者的预定中,人,就是他杀的。改编成舞台剧,这个问题必须回避。因为不管是什么朝代,无论你是什么理由,不管是什么法律,都不会允许你跑到人家洞房里去杀人。所以在这个剧本中,我非常明白地处理了这个问题。人,不是余占鳌杀的,他也根本没有想去杀人,他只是想去把九儿抢走。洞房里去抢人家的新娘,也不是光彩的事,但有爱情的旗帜遮掩着,勉强也算合理吧。

我体会到,写剧本与写小说有很多共同点,最大的共同点就是:写人物。写不出人物的小说不是好小说,同样,写不出人物的剧本也不是好剧本。在已有的《红高粱》剧本中,余占鳌和九儿是男女主角;在这个剧本里,我增添了凤仙这个人物,减少了九儿的戏份,又大大增加了刘罗汉的戏份,使他成为主角,而让余占鳌成了配角。在戏中,余占鳌的性格几乎没有什么变化,但刘罗汉的性格,却发生了巨大的变化,他从一个懦夫,成为一个顶天立地的男子汉,一个宁死不屈的英雄。

当然,一部戏,最终还是落实到一句句的道白、一段段的唱词上,故事是用这些讲述的,人物也是用这些塑造的。为了写好唱词,春节期间,我向台湾作家张大春学习律诗,废寝忘食一周,略有心得。回头来再次修改这个剧本,因心中多了韵律这个准则,自然就发现了很多应该修改调整的地方。当然,要把一个剧本的唱词写得句句合辙押韵,那实在是太困难,只能是尽力而为了。

最后,我要向我的朋友,剧作家咏之先生表示感谢,他的鼓励和支持,坚定了我学写剧本的信心。

(原载于《人民文学》2018年第5期)

门外谈戏

——在高密戏曲创作座谈会上的漫谈

非常高兴在春节即将来临的时候,和各位文友见面。

我们高密市文化建设的现在和未来的构想,不是一人之力所能完成的,需要上下同心,群策群力。既要有市里领导的大力支持、财政方面的持续保障,又要有组织的落实。必须有一支创作的队伍,形成创作的氛围。目前这种散兵游勇的状态,要搞文化建设,显然是不行的。

这次回来一个多月了,本来是带了一点儿任务,想创作一点儿东西,结果是很难坐下来。一方面是大家的热情邀请,另一方面也是因为我自己非常积极地参与。我觉得应该借这个机会,对我们高密新的状况,做一种哪怕走马观花式的了解。这十几年来,高密的变化确实是令人震惊的,说天翻地覆是夸张了,但说我们的变化日新月异,则基本是准确的。昨天晚上,在孚日家纺举办的团拜会上,我即席作了一首顺口溜:"四宝三贤高密市,七龙八虎凤凰城,海市蜃楼非幻境,我影投射蓬莱东。""三贤"大家都知道,晏婴、郑玄、刘墉。"四宝"就是我们的泥塑、剪纸、扑灰年画,加上我们的茂腔。过去我们叫"三贤三绝",这个"绝",有一些负面的意思,改成"四宝"好,"三贤四宝"。什么是"七龙八虎"?就是说我们高密近几年经济的起飞,跟龙头企业是分不开的。我们现在已出现孚日家纺、豪迈科技、银鹰化纤等等一些著名的大型企业,像孚日家纺的员工已经有一万七千多名,豪迈的员工也已经过万,这要在以前的话,应该是副省级单位了吧?

在我们高密,十几年的时间就出现了这么大的、上了市的、产品行销全球的企业,说明人民当中蕴藏着无穷无尽的、巨大的创造力。我对豪迈科技这个企业比较关注。我五年前来的时候,它还是小工厂的状态,我五年后再去看它的时候,就发现它确实已经是一个大企业了,能让人感觉到工人阶级的那种顶天立地的豪迈的气概;那里面的设备都是最先进的,生产的产品也都是行销全球的硬碰硬的大家伙。我说"七龙八虎",是希望我们高密市在未来的日子里,能够出现七个八个像孚日家纺、豪迈科技这样的大型企业,到那个时候高密的经济不仅仅在潍坊地区可以跃居前列,在山东省也会名列前茅。我们生产的产品科技含量高,像豪迈科技的好几种产品有世界专利。我们有"三贤四宝",我们再出现"七龙八虎",那么我们在文化和经济这两个方面,都可以当之无愧地成为全国名市。海市蜃楼其实并不是幻境,它是远方城市的投射,那么将来在蓬莱阁上望到的海市蜃楼,很可能就是我们高密市的投影。这就是我昨天那首打油诗的意思。

关于我们市的文化建设,在十七大召开以后的大好形势下,全市的上上下下,从我们的一把手,到下面的普通的老百姓,都非常热心,都非常有激情,文学艺术界的朋友们,更是跃跃欲试。我觉得每个人都憋着一股劲,都想为振兴高密的文化事业贡献自己的力量。在这样的情况下,我们应该怎么做?我们应该从哪个地方寻找突破点?怎么样真正地使高密的文化形成我们独特的风格,不是依靠别的力量,而是依靠艺术本身的力量,在全省、全国乃至在世界上造成影响。这是我们面临的非常大的也是非常困难的一个问题,当然一旦实现构想,一旦突破难关,那前景也非常辉煌。我跟市委领导也探讨过,我们的剪纸、泥塑、扑灰年画,这"三宝"当然令高密人骄傲,它有悠久的历史,曾经深入了千家万户,我们这个年纪的人小时候就是玩着泥老虎,玩着摇拉猴,拜着堂前挂的轴子,看着窗上贴的窗花长大的。在新的形势下,作为历史文化遗产,怎么焕发新的生命力,怎么样赋予它新的时代内容,怎么样才能让它适应今天这种形势,确实是难度非常大。全国不仅仅是高密有剪纸,河北啊,陕西啊,山西啊,包括南方的很多省市,也都有非常精美的剪纸。我去年在文化部中国艺术研究院参加了一个晚会,就有来自江苏的两个搞剪纸的硕士研究生,他们剪纸的艺术水准,我觉着超过我们高密剪纸的水平。剪纸、泥塑、扑灰年画在发展过程中,存在一个巨大的矛盾。如果要创新,赋予它们一些新的时代内容,那么它们必然要跟过去那种古朴的、简陋的、粗放的艺术状态产生一个矛盾。我们的泥塑,泥老虎、泥娃娃,我们这个年纪的人一看到这些东西,就想到我们的童年时期,想到了我们失去的青春岁月,想起了我们那时艰苦的生活,但如果要让年轻人,要让现在的孩子们喜欢这种东西,确实是难度比较大。现在有那么多好的、高科技的玩具,有那么多娱乐的方式,电影电视、卡拉OK、网络,你要把这些孩子吸引回来,让他来玩泥老虎,吹泥巴小鸡,让他来欣赏剪纸,我觉着无论怎么样的努力,都是事倍功半,我们的努力很可能付之流水。也就是说扑灰年画、剪纸、泥塑这"三宝"创新的余地,不是特别大。我记得在2003年的时候,中央电视台十频道来拍我的一个专题片,我们市的文化局局长带着我去姜庄考察过,也拍过一些镜头,发现一个老百姓家里,用泥塑做了一些断臂维纳斯,显得荒诞、滑稽、不伦不类,有点后现代的味道。

所以我想这不是一条出路。我们的"三宝"在目前的状况下,能够保持过去那种原始状态,作为艺术化石而存在,但要想赋予它新的内容,难度非常大。当然可以在继承传统,保持过去内容的基础上,增加、发展一些新的品种,但如何让这种古老的艺术表现当代的生活,我觉得需要认真考虑。

第四宝,我们的茂腔,去年被评为国家的第一批非物质文化遗产,这是令人振奋的消息,当时我也给文化局郭局长发了贺信。但要想让茂腔走向全国,要想让它成为高密的一张名片,目前这个状况是不能令人满意的。或者说,以茂腔目前这种现状,要想实现我们的艺术构想,要想达到我们追求的目标,还是有难度的。对茂腔我没有深入的研究,只是小时候听过茂腔的演唱。"文革"期间,我们每个村里都有业余的剧团演出,演《红灯记》《沙家浜》等样板戏,但是我想,这些剧目,实际上不能表现茂腔的特色。茂腔的传统剧,大家耳熟能详的像《罗衫记》《西京》《葡萄架》《双玉蝉》《王汉喜借年》《小姑贤》等,这些剧目大部分是从兄弟剧种移植过来的,属于我们茂腔原创的剧本几乎没有。有没有我们茂腔原创的剧本?《罗衫记》是吗?不是。现代戏《盼儿记》是原创,古典戏里边没有。"四大京""八大记",都不是。

我们如果认真地来研究一下这些传统剧本,就会发现问题确是很多。像茂腔这种小戏,从兄弟剧种那边移植剧目的时候,为了适应我们茂腔的特点,对人家的唱词做了大量的改动,增加了很多高密土话。这些高密土话的加入,加强了茂腔的地方色彩,也加强了乡土生活气息,更适合我们当地老百姓的口味,但是要让这样的东西走进艺术殿堂,会受到很大的局限。我觉得传统戏最大的问题,实际上就是剧本的问题。"文化大革命"前,毛主席批评京剧,说帝王将相、才子佳人统治了舞台,没有现代气息。别说是茂腔的剧本,即便是京剧的剧本,存在的问题也很多。第一就是思想性差。它宣扬的思想应该说是封建的、落后的,宣扬的是皇帝至尊无上,科举荣耀终生,然后就是善有善报、恶有恶报的轮回报应。这种思想境界较低,局限性很大。这种东西我想作为艺术的思想的化石,作为过去中国人的道德价值观念,当然可以让它存在,但是让它适应现代人需要,满足现代观众要求,是远远地不够了。

另外一点就是文学性差。文学性差实际上也不是茂腔剧本独有的问题,是所有剧种的问题。剧本里头很多唱词,是半通不通的。茂腔里有一种所谓的救命词是吧?"生产队长一声号,社员下地把动劳""扬鞭催马急急行,翻身跌下地流平",就是为了押韵,颠倒词序,生造新词。而大量的唱词,实际上都是在重复啰唆,没有推动剧情的发展,多是诉苦调,痴心女子负心汉,从下蛋的母鸡数落到碗里干饭、身上棉衣。有时候唱词脱离了剧情,纯粹地渲染、炫技,你像《赵美蓉观灯》,它那一大段数百句的唱词,基本上是东拉西扯,语言炫技。当然老百姓觉得好,脍炙人口,但这一大段观灯的唱词,与剧情是游离的,或者说是它叉出一个大杈来,跟整个剧情没有关系。这出戏本来是悲情戏,是一个悲剧,加上这么一大段东西,实际上破坏了剧本的文学结构:第一,它不能表现人物的性格;第二,不能表现人物当时那种悲苦绝望的处境和心情,它纯粹变成了一种口头的宣泄,完全为了满足一种语言的快感。所以我想，尽管老百姓喜欢，尤其我们农村的老太太听了这个茄子灯啊，萝卜灯啊，感到很亲切，跟她赶大集一样，这里面把很多的东西，把很多历史掌故数落一遍，这是很多地方戏惯用的办法，但是我觉着这种东西在新的时代里面，显然是不能适应思想的、审美的要求。因此，我觉得茂腔要振兴，首先就是应从剧本上来突破。2007年我去韩国访问过三次，其中有两次，他们都带着我看了韩国的戏《乱打》。英文名为"Nanta"，听起来意思像是疯狂地击打，打群架。《乱打》实际上是一场哑剧，表现了在一个厨房里面，为了准备一场宴会，几个厨师之间发生的一些故事。它利用了厨房里头各种各样的器具，锅碗瓢盆、啤酒桶、锅铲、勺子、扫帚、拖把，组织了一场打击乐表演，把各种各样的劳动，切菜啊，端炒瓢啊，全都舞蹈化，非常生动，非常幽默，没有一句台词，但是每个人都可以看得很懂，每个人都能从中得到艺术享受。另外它充分表现了韩国的特色，因为这是一个韩国的厨房，韩国的一帮年轻人，表现了韩国年轻人的思想情感。这么一场剧，在世界各地巡回演出了三百多场,去过美国百老汇,在国际上演出造成很大的影响,后来慢慢地变成了韩国的一张文化名片。外国的文化交流和文化考察团,来到韩国都要看《乱打》,各国的旅游团来到韩国,看《乱打》也成为旅游团一个固定的项目。这台戏向世界各国的人民传达了韩国现代艺术信息,也给韩国带来了巨大的经济收入——票价很贵,有三个班子轮流演出。我想,韩国这台戏也给我们一个启示,就是我们的茂腔能不能在近期内,就是在三五年内,打造这么一台具有高密特色,表现了高密文化特点的,表现我们高密历史现实的,当然也表现我们高密现代精神风貌的戏,让这么一台戏成为我们高密的一张名片,我们走出去,到北京,到上海,到济南,到外地演出。我们的眼光放得更加长远一点,随着高密进一步发展,随着我们进一步改革开放,我想会有更多外国朋友来到高密,除了让他们看我们的山水,让他们品尝我们的美食,欣赏我们的城市美景之外,还要让他们看一看我们的茂腔戏。我觉得这是我们奋斗的一个目标。

新中国成立后,"文革"前,应该说是我们高密茂腔的黄金时代,那个时候没有电视机,广播都很少,电影也很少。当时的茂腔剧团,每次下乡演出,都会造成很大轰动,每天下午吃过午饭以后,小孩都会搬着凳子去抢占座位。在张村演出,周围的王村、李村都会来看,明天挪到另外一个村庄去演,即便看过了依然再去看。当时茂腔演员在老百姓心目中,地位是非常高的。茂腔剧团著名的演员,即便在我们偏僻的高密东北乡,大人小孩也都能随口说出:焦桂英、高润滋、宋爱华、邓桂秀……这些人我们都非常地熟悉。"文革"前,大概六四年或六五年的时候,高密茂腔当时有一台新戏,叫《空花轿》。这个《空花轿》是我们的原创吗?欸,是从湖南花鼓戏移植的。当时这一台现代戏,我觉得它产生的效果,远远地超过《罗衫记》《铡美案》这些老戏。喜欢老戏的是老太太,她们愿意看,她们一边看一边流眼泪,整个剧情她们都十分清楚,就像我们现在看京剧一样。大部分京剧,我们都知道剧情,真正的戏迷都可以跟着演员往下唱,但是我们为什么还要往下看呢?这就是演员的魅力,演唱的魅力。演唱过程当中,每一个演员对角色、对唱腔的处理,对角色的演绎,都有独特的魅力,我们这个时候,不是在看剧情,我们是在看人,是在看演员。那么现代戏它就不一样了,我当时是一个十几岁的少年,我觉得《空花轿》要比老戏好看,因为它有新思想、新人物,表现了新生活,表现了新的价值观念跟旧的价值观念之间的冲突。戏里面有一个人物叫狗剩,狗剩镶着金牙,骑着自行车,戴着手表,我们管他叫"失慌"。哎呀,"失慌"得不轻,"失慌鬼子"来了。这个小伙子长得也漂亮,穿得也时髦,应该爱他,但是人家姑娘不爱他。在当时价值观念里边,这样的人是不好的,这样的人"失慌",虚浮张狂不牢靠,姑娘们喜欢那种朴实的、能干的、热爱劳动的,大爷大娘们也喜欢这样的人。所以我觉得这台戏是一台轻喜剧,非常快乐,非常幽默,也传达了当时社会的道德和价值观念,真正发挥了寓教于乐的作用。因此说,我觉得现代戏还是有广阔的前景,并不是说一演现代戏就没有市场了,就抛弃了老观众,就无法使我们传统的表演形式得到保存和展现了。

"文革"前,河南的豫剧《朝阳沟》也是一个十分成功的例子。《朝阳沟》的唱段也可以说到了家喻户晓的程度，很多人，即便我们山东人、高密的人，也会唱其中的一些段落。昨天晚上，吴建民书记就唱了《朝阳沟》中"我坚决在农村干它一百年"这个段子。现在我们回头来看《朝阳沟》，会感觉到不满足，那个时候的人的道德观念，那个时候人的思想风貌，与现在年轻人的想法肯定有距离。为什么我们还是愿意看这些剧，就是因为戏里头有优美的唱腔，有非常鲜明的人物性格。因此，我觉得我们茂腔戏，这种文学方面的、剧本方面的创造，实际上也是两条路。一条是老戏新唱，像《罗衫记》这种东西，当然可以作为我们的保留剧目，来满足一些茂腔老观众的需要。我们茂腔在上世纪五十年代、六十年代培养起来的老观众，他们听到老的经典剧目，听到那种唱腔、旋律，会想到他们过去的青春岁月，因此这些传统剧目可以保留。但是我觉得更应该老戏新编。老戏新编就是为了改变过去的老剧本那种思想落后、艺术粗糙、文学性差的状况。我们要吸收八十年代以来，我们戏曲改革的很多成功的经验。像京剧团的《宰相刘罗锅》《曹操与杨修》这两部戏,应该是八十年代以来,戏曲改革的成功的范例,不仅仅在艺术界造成了巨大影响,而且赢得了成千上万观众的喜爱。有了这两条,它就带来了巨大的经济效益。《曹操与杨修》《宰相刘罗锅》,它们每次在上海演出,都是一票难求。创、编、演一台新戏,刚开始当然需要财政方面的支持,它要有非常华美的舞美设计,它要有非常漂亮的既现代又传统的服装设计,在创作剧本、设计唱腔、配置乐队方面,都要投资,需要经过长期的探讨和磨合,但它一旦变成一个成功剧目推出之后,实际上就变成一棵摇钱树,它会很快地把你付出的挣回来。我觉得要编一台新的历史剧的话,就应该学习京剧团的《宰相刘罗锅》《曹操与杨修》这种成功的经验。如果我们找到他们的剧本,认真地研究一下,就会发现他们确实改变了过去历史剧当中那种陈旧的、落后的帝王思想和腐朽观念,把着重点放在对人物性格的开掘和塑造上。它不仅仅在讲一个故事,它的着重点放在塑造人物、刻画人性上,它能够通过这个事件,表现出剧中人物那种复杂的精神活动,不仅仅是人与人之间的激烈的矛盾冲突,它更加表现出了人内心深处的自我的矛盾冲突。旧戏里也有杰作，如《牡丹亭》《西厢记》《赵氏孤儿》《李逵负荆》等，通过揭示人物内心矛盾，塑造了典型形象。外部的矛盾只能造成一种紧张的戏剧氛围，但内部的矛盾冲突，却可以打动人心。

《赵氏孤儿》围绕着搜孤救孤，人物面临着痛苦抉择、激烈的内心冲突，最后舍弃了自己的儿子，保护了忠臣的儿子，然后又蒙受了巨大的委屈、误解。这个戏非常经典，西方对《赵氏孤儿》的评价，认为不亚于莎士比亚的《哈姆雷特》。所以我觉得，如果我们茂腔要创作历史题材的剧目，应该向着这个方向来努力。我们要塑造一个能够在舞台上立起来的，能够让每个人看了以后灵魂受到震撼的这么一个人物形象，或者几个人物形象。当然也可以走喜剧的道路，八十年代以后的很多地方戏，在这方面做了非常成功的探索，像河南豫剧大师牛得草主演的《七品芝麻官》，最早的时候叫《唐知县审诰命》，还有京剧《徐九经升官记》，新编的戏。这两个戏都表现了七品芝麻官，都以丑角作为戏剧的主要人物，表现得非常好，能够牢牢地抓住观众;除了演员表演得精彩,剧本提供给演员表现的空间,也是非常广阔的。实际上徐九经他也面临着一个巨大矛盾冲突,他灵魂深处有两个徐九经在斗争:你是想升官发财、飞黄腾达呢?还是想恢复到过去那样的不受人器重的状态?或者锒铛入狱,摘掉乌纱帽,甚至还带来杀身之祸?我记得它拍成电影的时候,采用了一种特技手段,让画面上有两个徐九经在争斗。它还有一些经典的唱段,关于做官的官经,大家可以找来看一下。它实际上也是充满喜剧色彩的悲剧,小丑的很多行为、很多表现,令人发笑,包括他形体的动作、他唱腔的设计,但它的内核里边,还是一部非常严肃的关于人的命运的剧,表现的还是人物的内心冲突和情感。

当年我创作的话剧《霸王别姬》上演时,我曾经说过:"所谓历史剧,实际上都是在表现现代人的思想,如果一部历史剧不能引起人们对当下生活的联想,就不能引起观众的感情共鸣,因之也不会成功。"像这种戏,实际上都是在影射现实。

我觉得我们的历史戏就应该从这方面来入手,而且要选择我们高密的素材。前天跟一位市领导谈过，我们高密的历史人物当中，晏婴可以编成一部戏。晏子使楚不辱使命，人人皆知。我们五十年代初小学课本里边，就有这个故事。我们中学课本里边，我们的历史书里边，都有晏子的故事。晏子是我们高密的先贤，晏子的事迹不仅仅是使楚这一点点，还有很多事迹。有一本书叫《晏子春秋》，尽管很多人怀疑是后人的伪作，但是我们不管它，我觉得应该把晏子的故事作为创作我们高密茂腔新剧本的一个选题，我们可以去调查、收集晏子的事迹，然后再在所掌握的史料和传说的基础上，加以剪裁，我们可以大胆地虚构，我们可以把他丰富化。晏子给我们的印象是个子很矮，长相也比较丑陋，总之不是那种仪表堂堂的人，他是像刘罗锅、歪脖子徐九经这样的一种人。但这样的一个人却是一代名相，他的灵魂非常博大，他的谈锋非常锐利，他的反应非常快，学识非常渊博，而且富有斗争经验。这样一个人代表齐国出使楚国，那么机智的反应，斗争有理、有力、有节，确实给我们提供了非常好的创作素材、非常广阔的艺术探索空间。当然我们也可以给他一点喜剧的色彩,包括晏子跟他车夫的谈话等等。晏子的素材我掌握得不够全面,现在提出这个人物,供我们在座文友思考。假如我们今年或者明年,成立一个小班子,写历史题材的戏,这是一个可以考虑的素材。刘罗锅,刘墉刘大人,尽管是高密人,但因为有了京剧《宰相刘罗锅》,有了电视剧《宰相刘罗锅》,我们也很难超过人家,所以不写他了。郑玄也是我们高密人,大儒,硕学郑司农,遍注六经。这么一个人物怎么表现他呢?难度比较大。我们在《三国演义》上读到郑玄跟着经学大师马融学习,马融这个人比较风流,在当时也是比较另类的一个先生,他在讲课的时候,帐后美女列队,但郑玄目不斜视,认真学习。我觉着可以沿着这个情节,次第展开,再详细地考察一下当时历史文化的背景,也可以搞出蛮有意思的戏来。

另外,我想写历史剧这一块儿,其实并不完全局限于我们高密籍人物,当然我们高密的人物最好,其他像诸城的人物、寿光的人物,都可以拿过来,作为我们的素材。郑板桥在潍县,苏东坡在诸城创作了那么多传世名作,这都可以作为历史剧的素材。还有李清照,尽管有以她为素材的京剧、电影,但李清照的戏我想可以继续写。李清照在诸城住过十几年。除了我们高密之外,在我们潍坊地区,在我们山东省还是有很多的历史素材,可以供我们选。我们也可以移植,实际上我们也可以张冠李戴。我们进行一些严肃的政治经济活动的时候,不可以张冠李戴,但是编写历史剧的时候,可以张冠李戴。比如电视剧《宰相刘罗锅》,实际上它把很多现代的事情,发生在别的人身上的事情,都移植过去了。后来的一系列的戏说,像康熙、雍正、乾隆这些戏,实际上都把发生在中国和外国宫廷里的事,移植过来了。所以我觉得不要太拘谨,不要作茧自缚。我们是艺术创作,这个人物不过是原型而已。说句难听的话,可以大胆地编造。当然我们不能编得太离谱。我们不能把现代人的一些行为和思想,挪到故事里去,编的一些东西还要符合当时的那种历史背景,或者说当时人的思想活动方式。

另外一条路,就是应该写现代戏。戏曲改革的根本出路,实际上还是靠现代戏。尽管"文化大革命"

前,我们为了把帝王将相、才子佳人从舞台上赶下去,做了巨大的努力,也达到了这个目的。但是后来呢?我想事实证明搞一刀切,完全把这种历史戏消灭掉,是不科学的,那八部样板戏也满足不了这么多中国人的需要。历史戏可以保留,但是我认为,我们的戏曲改革,必须把现实生活表现进去,否则就是一种古老的艺术形式演古老的事情,就跟整个的当代生活、当代社会脱节。任何一门艺术一旦跟当代生活严重脱节,那么这种东西就变成了化石,它就没有生命了,因为它已经跟老百姓的生活不发生任何联系了,也就难以跟当下的人心发生联系;艺术如果不能感动人心,那么它自然就会死掉。所以,写现代戏是必然的。

现代戏怎么写,也确实是个问题。我九十年代回来的时候,茂腔剧团在排一部名叫《根的呼唤》的戏。这个剧本我看过,我提出了很多的修改意见,但他们一条也没有接受。这个戏是为了配合当时的整党运动而写,试图塑造一个一心为人民的、立党为公的好干部形象,但因为很多情节太假,脱离真实生活,所以演员演得假,观众看着更假。我觉着这个戏从艺术角度上衡量是失败的。我们现在要写戏,要振兴茂腔,不要目光短浅,我们不要把政治跟艺术捆绑得那么死、那么牢。当然任何一种艺术,无论是诗歌、小说,还是戏曲,它确实难以跟政治完全脱离关系,因为你想表现时代,时代就是跟政治密切相关的。你要表现当代的生活,你当然也难以摆脱政治的影响。但是我想说《根的呼唤》这样主题非常明确、配合形势的创作,是违背了创作规律的,这样写出来的东西很难成为精品。尽管可以得奖,尽管在当时造成很大的动静,搞得热火朝天的,但是过上那么几年,就没多少价值了。写茂腔现代戏,我们就应吸取《根的呼唤》的教训。我那天当着市委书记的面说:新编茂腔戏,不仅仅是给你书记看的,当然你可以成为我们的一个观众,就像你看《朝阳沟》,看《四进士》,看《红灯记》一样。你是我们一个观众,但是我们不是为你写戏,我们也不为其他的领导写戏。我们是为广大的观众写戏,为人民群众写戏。有了这个前提,我们就可以放开手脚。第一,写这个戏可以以高密的事件作为素材。但我们不要受这个事件的束缚,比如书记提到是不是可以以高密除氟改水作为我们茂腔新戏的一个素材，我觉得当然可以。除氟改水这个事件是高密的，但是我们在剧里边塑造的人物，他就应该属于艺术，他是属于这个故事的，他并不仅仅属于高密。我们在这个戏里边，当然可以塑造一个市委书记、一个市长，或者塑造一个乡镇的党委书记，一个正面人物形象，我们当然可以从市委领导身上，或者其他人的身上，吸收一些细节，作为我们塑造人物的需要。但是我们这个人物写的不是高密的书记，也不是高密的市长，我们塑造的是一个典型人物，这个典型人物身上，集中体现了党的干部的优秀品质。但他既然作为一个人，就不可能像我们过去那八部样板戏里的人物那样，是高大的、完美的、没有任何缺陷的。一个人他是要有个性的、有特点的，他得有他非常令人钦佩的一面，他有他的高风亮节，但他身上也有作为一个普通人的一面，他也有他的喜怒哀乐，他也有他的家庭，有他的亲属，有他的公与私的矛盾，有他的感情跟社会现实之间的矛盾，所以我觉得我们就是应该把艺术，把塑造人物放到第一位。在座的肯定有写过剧本、写过小说的同行,大家也都知道,我们要设置尖锐的戏剧冲突;戏剧必须有矛盾,必须有冲突。我想第一场戏就应该把矛盾呈现出来,有各种各样的矛盾:有人跟自然的矛盾、人跟人之间的矛盾;有老百姓跟官员之间的矛盾、官员跟官员之间的矛盾;也有人自身内部的矛盾,他的这种善的、美的、正义的东西,跟他的私欲,跟他作为凡人的七情六欲之间的矛盾。我觉得一开始就把人物放在矛盾的风口浪尖上来展示。那么这个戏怎么写?就是要把我们高密茂腔的特点,把我们高密的历史现实,通过这个戏表现出来。我觉得这需要我们大家群策群力,我们大家来共同商量。所以这就涉及一个问题,我觉着就是应该,怎么说呢,首先要有财政的支持。既然我们要振兴茂腔,就不应该让我们的茂腔剧院自生自灭,我们政府在财政上,应该给予大力的支持,保证我们的主创人员能够集中精力地进行艺术的思维和创作。另外,我觉得要有组织落实。组织落实就是说我们现在这种剧本创作,职业的编剧,靠一个人的力量在短期内写出一个很成熟的剧本,难度确实很大,是不是可以有一个短期的,哪怕是一两年的,由我们这些有创作热情、创作基础的同志组成的,三五人的创作小组?别的单位是不是可以借调出来?前几天晚上,我也跟市里领导探讨过这个问题,他很赞同。我们有这么一个小班子,然后确定几个选题,比如说晏婴的戏、除氟改水的戏,或是拆迁、钉子户的戏,或者是刘连仁的戏,我们商量,看看哪个最可行,哪个最具操作性,然后,集中起来,用现在北京流行的一句话说,叫"侃剧本"。像一个电视剧,实际上我觉得很重要的就是策划。十个人八个人,坐在一块儿,侃他十天半个月,一稿不行再推翻,就是你一嘴,他一嘴,你可以给我否定,我可以给你否定,最后把一个大概的剧情的梗概侃出来。然后我们再来分场,因为戏剧相对长篇小说的写作,还是比较简单,它确实具备集体操作性,小说、诗歌这个集体创作难度太大了,是吧?但是剧本呢,我们成功的经验很多,组织一个创作组,当然里边有主笔,大家集思广益,先侃剧本,然后一步一步地分场,写完了再讨论。总而言之,先把剧本弄好,弄好剧本以后,我们再进入其他后续操作。

有了好剧本仅仅是个基础,接下来就是一个演员的问题,好演员跟好剧本是相辅相成的。有时候好剧本可以捧红一个演员,但这个演员必须具有好演员的素质,如果一个好剧本,落到一个一般演员手里边,他表现不出剧本所包含的东西来,这个剧本也就演砸了。假如这个演员有一流演员的素质,但一直没有碰到好本子,这个演员就像千里马拉盐车一样,也就糟蹋了。有了好剧本,然后再有好的演员,好演员跟好剧本就比翼齐飞了。我们高密茂腔,因为社会变革,演员队伍处于青黄不接的状态。孙红菊唱得当然很好,可孙红菊之后大概是后继无人,或者后继乏人,是吧?孙红菊四十多岁了,正当盛年,好好演的话还能再演十年戏,但是目前这个状态,让她演小花旦,演年轻一点的青衣,已经有一点点不太对了。所以我觉得我们的演员队伍现在确实处在一个非常困难的状态,我们的主要演员能够上台的、能够站得住的,也就那么几个人。作为一个剧团,如果没有十几个或者五六个台柱子演员,各个行当没有代表性的人物,再好的剧本也难演好,一流的剧本很可能演出二流的剧目来。我们的男演员,好像是基本没有了,是吧?年轻人更少,有几个可能都五六十岁了。你让一个五六十岁的人上去演二十岁的年轻人,就不对了。尽管扮相可以年轻,可你再怎么扮,身体已经老了,身上没有了,或者说心有余而力不足了。他还想努力地表现出那个样子来,但是他身体已经跟不上他那个意念了。所以说从手眼身法步上,一看就知道是什么样的演员,什么年纪的演员。在目前这个状况下,我觉得紧迫的一个问题是培养演员。昨天晚上我们看到来自河崖镇的那个小女孩上台演唱茂腔,那个小女孩就是个很好的苗子,这个小孩如果我们把她招进来,进行传帮带,三两年就可以上台,七八年后就可以当顶梁柱。所以当务之急,还是赶快培养年轻演员,从娃娃抓起。一个救急的办法就是从现在二十来岁的年轻人当中选拔一下,看看有没有这方面有很好潜质的人,进行短期的培训,快速上台。但这个即便有,马上上台可以,让他一下子进入炉火纯青的状态是做不到的,演员必须有童子功,无论是京剧,还是别的剧种。我们的茂腔可能要求低一点,但也是要从小培养,他要身上有、嗓子有、扮相有,有这方面才华,再经过刻苦的、从小的锻炼,才能成才。一个剧种,不仅仅要有唱功好的,还要有武场,还要有翻跟头的。那么,这些演员的培养,应该是一个长期的规划,我觉得从现在开始下决心,资金到位,组织落实,有远大计划和理想,三五年就可以弄出戏来了,但是要达到辉煌的程度,进入我们全盛的时期,大概需要十年的时间。

所以不管怎么样,我们第一步先从剧本着手,我们先有了戏,然后我们再慢慢地选演员。昨天我也跟那个小演员讲了两句。我跟她说:"你现在不要光看茂腔,不要光看茂腔的VCD,也不要光学茂腔,要看京剧,看黄梅戏,看河北梆子,看河南豫剧,看上海、浙江的越剧,要广泛地涉猎别的剧种。"因为茂腔也跟高密的"三宝"一样,面临着继承传统和创新的问题,我觉得继承传统最根本的目的,还是要创新。尤其是我们的戏剧,舞台表演艺术,如果我们仅仅要满足那些老观众的需要,那我们不要任何的创新,我们越是原汁原味,越能赢得老观众的欢心,京剧也是这样,其他的剧种也是这样。我们现在七八十岁的老观众,看见焦桂英上来,那么土腔土味一喝咧,大家喝彩,原汁原味的茂腔来了,听着过瘾啊,舒坦啊。但是光靠这个肯定不行,我想茂腔将来真正面对的观众,不是这批老观众,这批老观众会慢慢随着时间和岁月消失。如果我们不能培养起年轻的、新的观众队伍,这个戏还是没有出路。京剧实际上是我们的国剧,从九十年代开始,领导非常关注,为了纪念徽班进京二百周年,以天津京剧团作为一个核心阵地,掀起了一个振兴京剧的高潮。当然,后来也办了一个戏剧的研究生班,这几年的努力,还是大见成效的。大见成效一个重要手段就是和电视联姻。戏曲之所以萎缩,是受到了电视的巨大冲击,现在京剧和其他的剧种振兴,恰恰是"化敌为友",他们意识到现代传媒不可抵抗的力量,它是真正地深入千家万户的,那么戏曲就跟电视联姻。中央台有十一频道,河南有《梨园春》。河南《梨园春》是首开先例,非常成功,现在变成了一个全国电视行当知名的金牌栏目,广告应接不暇。由于它有巨大的号召力,就带动了一个群众性的戏剧运动。你看看河南《梨园春》那帮年轻的小孩,三岁五岁的,一个个字正腔圆,声情并茂,什么样的力量啊?就在于《梨园春》这个金牌的栏目,通过电视媒体产生了一种巨大的感召力。当然也有其他手段,它有擂台赛,有物质刺激,年度金奖获得者当场就可以开一辆轿车回家。但是我想这种物质的刺激,它是一个原因,但不是主要原因,因为一旦形成一种氛围以后,它就会焕发人们心中沉睡日久的对戏剧的、对艺术的热情。人听戏和唱戏,说句难听的话,像抽烟一样,他要有瘾头,一旦上瘾以后,那就没有办法了。以前在农村我也听过戏迷的故事:儿媳妇是戏迷,老公公也是戏迷,老公公和儿媳妇,烧着火贴饼子,外边锣鼓家什一响,儿媳妇把饼子贴到了公公的额头上了。然后,抱着孩子去听戏,跑到地里摔了一跤,爬起来抱起孩子继续跑,跑到戏台前坐下,解开怀喂孩子吃奶,低头一看,怀里抱着一个方瓜。急忙跑到方瓜地里去找孩子,一看方瓜地里一个枕头。抱起枕头跑回家,一看孩子还在炕上睡觉呢。这当然是夸张的笑话。戏曲,确实有令人入迷的东西,它会让人上瘾,让你终生难以摆脱。我觉得《梨园春》就用这样一种方式,刺激了河南人的戏曲热情。

你们家的小孩上台表演,电视上全国都能看到,而且这个《梨园春》去过澳大利亚,去过南美洲,去过欧洲演出,多么风光。很多小孩在舞台上,真是表演得好,大家都赞不绝口,台上台下,人们心里头这种巨大的愉悦,也刺激了其他的家长,你们家的小孩能唱,我们家的小孩也可以唱啊。这就跟我们打乒乓球一样。中国为什么出现了那么多的世界冠军?为什么一个中国的二流的乒乓球运动员,被国家队淘汰的都可以到别的国家当教练,当主力队员?就在于它有广泛的群众基础,有了群众基础,就形成了一个宝塔。河南就在于形成了广泛的群众戏曲运动,在这么一个群众基础之上,人才埋没不了。我相信在我们高密市,在我们每一个乡镇里边,都有戏曲天才,这些天才得不到开发就埋没了,一旦被发现了,经过培养他就可以成才,所以我觉着我们可以吸收河南《梨园春》的成功经验。我们也可以借鉴中央台十一频道的经验,让高密市的电视,这个现代的媒体,为振兴茂腔积极配合,把茂腔普及到千家万户,掀起一个学茂腔、唱茂腔、编茂腔的小小的高潮来。一旦人们都关注这个事情了,他自然就要看,群众基础有了,爱好者多了,人才也就慢慢地涌现出来了。一个演员无论他多有才华,唱得多么美妙动听,他在舞台上表现得多么生龙活虎,假如没有观众,那他也没有意义了,他就改行了;假如他每一场爆满,台下一片喝彩,走在大街上被人一眼认出来,"哎呀谁谁来了",那么我想这个演员的艺术才华,就可能得到加倍的发挥。

总之,我们的茂腔要振兴,难度的确很大,但我想通过大家的共同努力,假以时日,我们一定能创排出新戏好戏,茂腔肯定会产生更大影响,甚至再造辉煌。

我先说这么多,东拉西扯,门外谈戏,仅供大家参考。

莫 言

2008 年 2 月 2 日

一本书打开一个世界

欢迎订购、合作

订购电话：0571-85153371

服务热线：0571-85152727

莫言读书会　　KEY-可以文化　　浙江文艺出版社　　京东自营店

关注 KEY- 可以文化、浙江文艺出版社公众号，
及浙江文艺出版社京东自营店，随时获取最新图书资讯，
享受最优购书福利以及意想不到的作家惊喜